芳草年年綠

生活翦影

結業證書

柯淑靜 大德

學習「知足、感恩、善解、包容」的慈濟精神，以發揚「尊重生命、肯定人性的理念」。

自民國八十七年八月二日起至民國八十七年八月八日止參加慈濟醫院暑期教師志工隊，圓滿活動，特頒

此證

佛教慈濟慈善事業基金會

釋證嚴

中華民國八十七年八月八日

八十七年暑假中區教師志工隊

上人與學員合影留念

參加懺雲法師（中坐者）舉辦的大專女青年齋戒學會，皈依三寶，法名淨靜（三排左二）。（62 年 8 月）

先生龍影於民國 102 年 10 月榮獲美國加州世界藝術文化學院榮譽文學博士時合影。

民國九十年九月二十二日獲頒全國 Power 教師獎。（國中組）

榮獲苗栗縣教師會第二屆國中 Power 教師獎，與傅縣長（後中）等合影留念。（90 年）

慈濟苗栗合唱團於歲末祝福獻唱慈濟歌曲。

慈濟苗栗園區兒童成長班校外教學，三重環保教育站。（96 年 6 月 10 日）

授證為慈濟委員 (志工)，於家裡拍照留念。（94 年）

苗栗市僑育國小靜思語教學說故事（買智慧）。（97 年 4 月）

與劉玉簾老師(左)、劉碧瑩老師(左二)於臺中慈濟參加《榮董傳》寫作研討會，會後與全國教聯會總幹事陳乃裕師兄(中)合影。（92 年 7 月 11 日）

慈濟大學教師暨中小學校長、主任人文營，擔任隊輔。（96 年 2 月 4 日）

慈濟苗栗園區大愛媽媽研習，工作人員合影。（97 年 6 月 17 日）

影於今年除夕在山城住家拍攝全
福。（109 年元月 24 日）

兩個女兒大學時期與父母於家裡合影。
（89 年 5 月 14 日）

女怡嫺與外孫子宸於慈濟苗栗園區合影。（99 年 7 月 26 日）

師大畢旅暨教學觀摩，參訪佛光山。
（64 年 3 月 26 日）

陽明山新北投公園。
（62 年 5 月 20 日）

研究佛學，增長定慧。（63 年 9 月）

龍影夫妻於育達商業技術學院與蒞臨講演的臺灣師大名師汪中教授伉儷（中）合影。（92 年）

栗市淨覺院良兒幼兒園，慈濟靜思語教學說故事。（97 年 11 月 4 日）

者（前二排右二）參加淨空老和尚在松山寺之大專佛學講座。（62 年 9 月）

畢業前夕與恩師 - 王熙元老師（中）合影。（64 年 5 月）

阿雄同學（左一）我一見你就想笑（陽明山新北投公園）。（62 年 5 月 20 日）

鷺潭郊遊。（92 年 9 月 30 日）

好像蠻有那麼一回事的樣子。
（62 年 11 月 10 日）

香亭北倚欄杆（師大國文系合唱團比賽前練習）。（63 年 4 月 21 日）

承天寺訪名師。（63 年 3 月 24 日）

台北善導寺「仁王護國息災大法會」工作人員。（64 年 3 月 2 日）

班上同學定期饔飧會聚餐（二排左五，王熙元老師）。（63 年元月 6 日）

承天寺訪名師（廣欽老和尚）。
（63 年 3 月 24 日）

花開花落知多少？新北投公園。
（63 年 3 月 10 日）

乘風而去。（64 年 5 月）

師大畢業旅行。（64 年 3 月）

國文系系運拔河比賽前慷慨激昂。（63 年 10 月 20 日）

天祥道中，師大畢旅暨教學觀摩。（64 年 3 月 28 日）

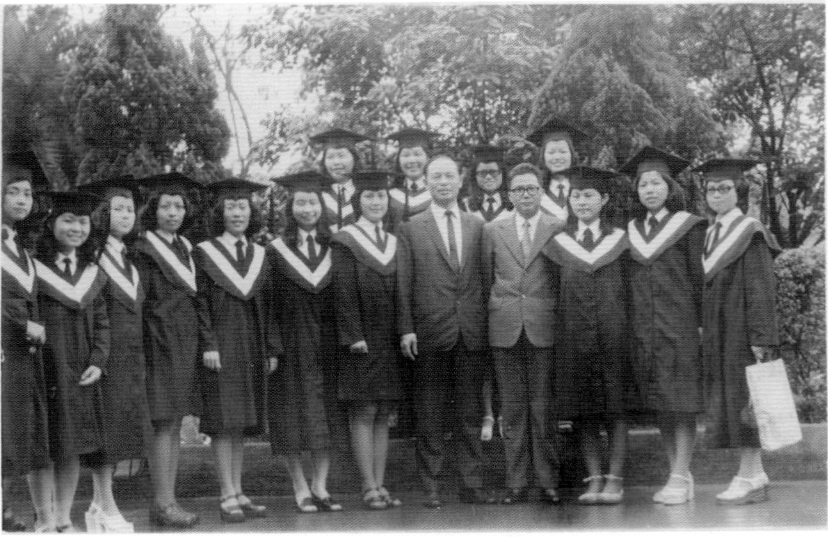

畢業前夕與恩師合影（右四陳滿銘老師、右五周何系主任）。
（64 年 5 月）

廖序

文學作品療癒身心

先帶領大家輕輕走入作者柯淑靜老師的從前一二。

簡錄「自畫像」：八歲時母親被病魔奪走了生命，高三升學緊要時刻，再逢父親忍心撒手西歸，突然間自己成了無父無母的孤女，孤寂內向，怕吵，怕鬧，在熱鬧的場合，就像要喪失自己；愛山，總喜歡到屋後小山漫步，寂寞時，抬頭看看青山，再仰首望望白雲……；終究看開了，自己前途靠自己開創，唯有求學，充實自己才是積極。

簡錄「自述」：民國四十年，生於竹南之鄉間，八歲時入學，成績優良受寵於老師，從小深愛國語，常讚嘆吟詠：「剪不斷，理還亂，是離愁？別是一番滋味在心頭。」愁之又愁……。四書五經教以倫理道德，欲拯救世界得靠以人為主之中華文化，乃立志讀國文系，庶幾不虛此生矣！

我讀過孔子15歲起立志求學，一生研究學問；20弱冠，30而立，40而不惑，50知天命，60耳順，70古稀，聖人立言。作者於花樣年華，堅定求學目標，隻身北上，奔向一流學府國立台灣師範大學國研所，立志求學的精神接近孔子，異曲同工。

於夜深寂靜，天幕低垂，室內一盞明燈，窗外微弱聲音不曾停歇飄過耳邊，似大地呼吸的樂章，無礙於閱讀《芳草年年綠》，一頁看過一頁，一篇再過一篇，牆上鐘錶指針秒秒向前推進，眼瞼仍然有神，優遊於故事的這些篇章，深藏著作者個人內心劇場，吸引好奇繼續看下去。

本書《芳草年年綠》彙輯，散文為首部，詩、詞、曲，易學、佛學，學術專文等合輯成為四部，各部寫作筆鋒，莊嚴其趣各異，恰如其分。更令我欣賞的，是作者擅長多人對話敘述，情節自然流暢，有時輕聲細語，有時正義凜然，抬槓鏗鏘有力，筆下思維寬廣有物，換言之，心無所住，接納所見所聞，皆有不凡見地，隨手拈來都是內容。至此，我恍然明白，平日寡言慎行的人，與能言善辯的人，不能與文學創作劃成等號。

柯師國學底蘊豐厚，寫作本書手稿珍藏50餘年，夫婿官有位老師，是文壇知名前輩，文學作家交流無國界，獲對岸頒發文學博士榮譽，作者柯師親眼見證官老師每出一本書，心靈療癒狀態身心舒暢，日益健康，有一天突然說：「老公，我也想出一本書」溫柔的喊話，應了夫婿「拋磚引玉」的期盼。

人生70才開始，作者此時出版第一本巨作，勘媲美為高齡產婦，特選母親節為書寶寶的誕生問世大喜日。閱讀大作四部內容，深知係自國學寶礦梳理出來，披星戴月，著實不易，精彩艱鉅，深具閱讀收藏價值。我將這四部內容喻為四顆碩大果子，噴出芬芳美味極品，並藉此一隅，邀請各位把果子買下來，看一看，嚐一嚐，享受喜在心頭、笑在眉梢的心靈療癒。

春暖花開時節，歡迎書寶寶誕生問世，我榮幸擔任助產士之一，希望高齡產婦享受源源不絕的療癒之樂，期待好友老友繼續筆耕，身心愉快！

商鼎數位出版有限公司　董事長

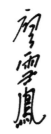

二〇二一年四月五日

官序

拋磚引玉的良言

妻柯師看我三十多年來不輟地筆耕心田，出版近二十本之著作，似乎有二十帖的藥方，看我每出版一本書，就會自我療癒一回，如同慈濟上人所言：「掃地、掃心地，不掃心地，空掃地。」我平均兩年會出版一本散文集或新詩集，所花費心血與經費也不敢去評估，出書的錢妻不會錙銖計較，省著其他日常生活費，讓我能追尋另一層次的心靈文化。但對每篇散文小品之用詞遣句、把關甚嚴，我抗議無效。

近年來，我趁晚間靈感所至，揮筆立就，如行雲流水隨興、隨性也隨緣隨筆，一篇篇累積，一首首堆疊，妻突然興奮地對我說：「老公，我也想出一本書。」多年來妻看過的佛書與中國古典文學看得精也看得多。國學底蘊比我深厚，寫了二十本小品文（磚），終於引出妻柯師這塊（玉）了，但多日來仍未見她揮筆寫作，原來她早將大學及暑修國研所之習題作業，經教授名師批閱後，蒐集珍惜更正，一篇篇一首首的文章與詩詞曲整齊地躍然紙上，台師大暑修國研所兩篇專題報告，一、從佛學的「輪迴觀」看莊子的「生死觀」。二、陶淵明歸園田居五首賞析。更細膩地引經據典闡述。一點也不輸一般之碩士論文。

要訂出妻這本她要稱心滿意的書名時，可費了一番心血，我草訂了幾個書名，如「光陰的腳印」、「塵盡光生」、「夢裡堪蹉跎」等等，看她搖搖頭，我說王維《送別／山中送別》，山中相送罷，日暮掩柴扉。春草明年綠，王孫歸不歸？（明年一作年年），那就訂為《芳草年年綠》，看她一臉興奮，書名自然就如此敲定了。

家裡書齋堆砌了各類文學藝術用書，尤其不乏精裝與平裝的一套套唐、宋詩詞讀本，我們定時彙集整理與歸納分類，在不起眼的一個櫥窗裡，我們夫妻的著作整齊地陳列著，龍影文訊雙月刊與季刊也折疊擺設著，我在想：《芳草年年綠》該放在有陽光的角落，讓它繼續滋養成長吧！

官有位（龍影）

筆于公元二〇二一年二月一日苗栗山城之夜

作者簡介

柯淑靜，民國四十年生於苗栗縣竹南鎮。畢業於大埔小學、竹南初中、省立新竹女中、國立臺灣師範大學國文系（夜）、結業於國立臺灣師範大學暑修國文研究所，歷任苗栗縣君毅中學、西湖國中、明仁國中國文教師。

育有三子女，長女怡嫺，國立臺灣師範大學國文系學士，國立臺灣大學中文研究所碩士。次女怡君，文化大學中文系畢業。長男俊良，文化大學中文系轉應用生活科技系畢業，各已成家立業。

除了夫妻、子女及二女婿、媳婦均為中文系出身，一門書香；也因進入慈濟，融入「靜思語教學」，獲選為苗栗縣 Power 國中教師第一名及獲頒講義雜誌、中華民國全國教師會主辦之第二屆 Power 教師獎。

目次

第二部分　詩、詞、曲

附錄一　易經

附錄二　學術專文

跋

第一部分

散文

2

一、回家

望著偌大的行李，不知從那開始整理，弄了半天，還理不出一個頭緒來，眼淚卻滾了下來，但又怕旁人見笑，那麼沒有勇氣，只好把它抑住了。一顆心簡直就像冷到半空中，又掉了下來，空虛且沈痛，不知所云，忽然抓到一線希望—回家，不覺又掉下兩顆清淚。

回到家鄉去，拿一根竹片到田裏拾蕃薯，看誰拾得最多，而且是大的。中午時分，嫂子又要叫到：不聽話的大孩子，快回來吃飯吧！回去當小姪女的準家教，叫她從一寫到一百，唸「好學生，早早起……。」然後她又要嚷著：「姑姑最壞，一天要我寫那麼多字，唸好幾課書。」我就回她一句：「再說，就打妳，誰叫妳放寒假，也碰上我放假。」「好好，不說，可是下午要讓我看布袋戲、歌仔戲、電視、小說。」「好的，現在努力點，下午我陪妳看。」

「姑，妳去獅頭山，我也要去。」「不行，妳走不動，等長大再去。」「我要，我要。」「可是妳媽媽不讓妳去。」嗚嗚！她放聲哭了，「是是，不哭才讓妳去，反正不是今天，急什麼？」心裏卻想著：哼！到時候才不給妳去，趁妳還沒起床就溜。唉！是的，我真的溜了，溜到這地方，就要在這裏生活下去的地方。行李仍靜靜地躺在那兒，又雜又亂一大堆，它根本沒體諒我，不免又要掉淚。

傍晚，珍邀我去買飯，才吞下一口，她卻哭了，看她那模樣，我反忘了自己是和她一樣的心情，還安慰起她來了。唉！同是出外流浪人，誰不想念家。

清晨一口氣寫完四封信，放下筆，突然一陣莫名的感覺襲上心來，我再次體會到無聊、寂寞的滋味，那種閒著無事做，而看不下手上的書，夠煩的。記得上次同學說：「沒工作，呆在家裏就是不想讀書，不曉得做什麼是好？」我還說：「不會吧！有時間就多看些書，沒錯的，別想多了，影響心緒。」而現在的我，正是兩眼無神地望著書本，心不知飛到那裏？飛去給苦悶一點一滴的侵蝕著。

漫無目的走到菜市場，擠在人群中，竟有人問：「小姐，買菜？本地產的。」我買菜？只不過是帶著羨慕的眼光，看一個個主婦來來往往買她家人高興吃的菜罷了。我要的東西好多好多，但根本不在市場，也非用錢買得到的。

好累，回去睡覺吧！那知躺在牀上，輾轉反側，遲遲不能入睡，兩架鬧鐘奏著交響曲，越發煩心，已是第四夜了，還是不行？長大了，應該可以靠自己，但忽然又覺得我變小了，真希望家人隨時陪著我，幫助我，要不，似乎一點勇氣也不存在了。那天跟玉說我想家，她卻不以為然答道：「在外，可以磨鍊自己，學過獨立生活。」啊！談什麼磨鍊？越磨越想回家，怎奈踏上在外漂泊之途！

二、髫齡舊夢

從溫暖的被窩裏鑽了出來，又要開始一天緊張繁忙的生活，真不曉得為何與生俱來一付窮緊張的個性？否則，高三不會被同學冠上「窮緊張」的美綽號，班導師在畢業前還贈我「緊張大師」的銘言。

「老師早！」「老師早！」

「小朋友早！」

報以一個親切的微笑，又要與他們在一起唱歌寫字了。「不要講話，那個最乖，可以加點心！」「老師，我最乖！」「好好，乖的都加！」對著一群天真無邪的小孩，不知天高地厚，沒有憂愁、不會感傷，或許他們也有大人不曾曉得的煩惱，作業不會寫、老師要打手心，喜愛的玩具，爸媽不買。望著他們埋頭寫字的姿態，我似乎想在他們身上尋求些什麼？又似乎茫茫然空無所有。

童年，美麗的童年，我也有一個美好的童年？當我八歲時，還不是那麼會玩、會鬧，是那一年暑假，「放假了！」我們一群小鬼丟開了學校的課業，盡情玩去了。中午時分，乘著大人午睡的當兒，到河邊洗頭髮，天然的溫水，洗在頭上，「好舒服」，大夥兒一面洗一面叫嚷著，那知第三天就被家人知道了，說什麼長大會得風溼症，我們根本聽不懂。這個行不通，只好玩捉迷藏，卻在玩得正起勁的當兒，彩蓮的腳碰流血了，「我要回家告訴媽媽，都是你們不好！」她連哭帶喊，大家得來了一個挨罵的份兒。

稻田收割了，又多了一份去處，撿稻穗、踩爛泥巴、打水戰，一個個成了小泥人，忽然一聲驚叫，原來小如險些被蛇咬到。不知那一個想出來的鬼主意，想到釣魚，「哦！好好，釣魚！」現成的竹子，繫上魚餌，走到池塘邊，釣不到三條小魚，「撲通」我已浸在水中了，幾個人七手八腳總算將我拉了起來，又是大哭，怎奈在水中表演了一翻，一身完全溼透，還喝了幾口甘泉。

「老師！老師！」小朋友的叫聲叫醒了我，還好，園長不在。唉！小時候的我何嘗不頑皮，一個道道地地鄉下的野孩子，只差沒上幼稚園，而今我卻天天嚷著我的學生要聽話，是不是不公平了些？

三、夜讀記趣

匆忙吃下一碗冷飯，拿著書本趕公共汽車去了。要不得，午睡竟一覺到五點，忘了六點半就要上課？一班車客滿不停，再等，兩班、三班，真急死人，五點半站到六點十分還未上車。這可是大台北公共汽車的特色，擠不堪擠，上的已是第五班車，如此等車，可是生平第一次！踏進校門，上課鈴聲正響著。

「你是我們班的學生？」後面一位男同學問道。「難道不是？」我反問。「大概代你姊姊上課吧！」「才不，我上自己的課！」「你看來像初中生，壓根兒不像大一學生。」我倒覺得好笑，還把我當初中生，駁他一句：「上大學靠外表嗎？」他仍然帶著不相信的眼光，左鄰右座去詢問，難道我騙人不成？不是吧？當時一股傻勁，心想夜校再考不理想，頭髮也不燙了，放榜前又把幾根煩惱絲剪短了，加上白衣黑裙（有時候穿），個子又太矮小，誰相信我是大學生，要不，怎會連班上同學也疑心重重。

英文課提心吊膽，幾個月不看，單字也忘得差不多，聽得似懂非懂，還擔心叫起來答不出，只怪自己。幸運之至，今天安全度過，然而中獎也無傷大雅，即使不會，也不致於像高三那麼難堪，答不出就得接受幾句銘言，好不難受？竟有不少同病相憐者，鴨聽雷，直搖頭，窮緊張，那模樣倒好玩。

黑板上的作文題目是「秋夜書懷」，糟了，有什麼懷可書？怎辦！兩個鐘點得交卷，正思索著，忽然傳來一聲：「作文可帶回去寫，下星期一交齊。」是副班長的聲音，像顆救星，還可以提早回家。旁邊同學卻嚷著要到B組聽李教授的課，要就走罷，去瞧瞧這位年輕漂亮的女老師。連奔帶跳已到了一三八教室，走進一看，完全兩回事，她才不年輕呢！我永遠有做不完的白日夢，想得真美！

將近十一點，我還在街上走著，完全改變以往的生活方式，不到夜深不回家，不到半夜不就寢。當時天一黑就不敢出門，寧靜死寂陪伴我讀書，外面一有聲音，竟會嚇得我渾身發抖，疑是小偷，怕見魔鬼，如今已一無所存了。

「靜：星期六中午一時左右，逛街去，晚餐我請客，別失約，珠。」無巧不生，一連三天沒午睡，本想利用星期六課業較輕鬆，再來一次大睡，這下可拉倒了。算了，出去散散心不更好！第一百貨公司的洋娃娃把我們迷住了，臭趣相投，誰也不肯離步。「能抓一個擁為己有多好！」不約而同說出口，我們長大了嗎？

軍訓課換了一位新老師，講得正起勁，我卻沒聽進去，周公輕輕的招手，技巧一點，見周公去吧！體育課來一位代課老師，一開始就體操、跳躍運動，盡是些激烈的，還說是最佳的健美運動，可是兩條腿直喊受不了，奈何！「好，下課！」咦，才上十分鐘呀！管它的，下課就下課，求之不得，快回家去舒舒服服睡一覺，別錯過人生最大的享受。

四、那年寒假

第一夜，我幾乎不能成眠，大餐廳、小寢室、同學們的面孔，除了陌生外，恐怕只有內心的矛盾。寒風把寢室門吹響了，也吹動了我的心思，寂寞、無助，隨伴而來，這豈是初次離家的滋味？明天，寒假第一天上課，總得睡一下，別老當太規矩的學生。誰知輾轉反側，卻不見睡意，一陣涼意掠過全身，徒增幾分憂悽。清晨六點鐘，值寢的同學搖鈴叫醒大家，也敲響了課業輔導第一聲。

「高二同學都回家了，就我們高三最可憐，回家兩天，又匆匆忙忙趕來，一點也沒玩夠。」

「唉！只剩一百七十天就要決定命運了，今年過年也休想好好過。」

「過年只放四天假，好少！所有時間都給學校剝奪了，誰叫我們是高三。」

「地理老師最討厭了，天天在替我們算日子，製造緊張氣氛！」

你一句，她一句，三十幾位同學抱怨了一番，結束寒假第一頓早餐。

「剛進入這個新環境，不習慣之處太多了，吃飯、睡覺、上學，都覺不自然。尤其是每晚沐浴時間，最難過、最困窘了，但見別人大大方方的享受大好時光，而我卻心跳不停，全身不自在。」這是三天後寄給玉的信上告訴她的。

第三寢室五位同學，來自不同的地方。三位客家人，一位外省籍，而我是閩南人。剛踏進這小天地，直覺感到室內不時充滿客家語，我卻一句也不懂。

綢最用功，晚睡早起，老捧著書本，是典型的準考生。後來由她口中才知她有一段與眾不同的波折，故知學問太可貴了，而志在考取理想大學。淵敢說敢作，不愧為本室室長，近視之深，眼鏡不能片刻離去，只怪她愛躺著看書！玲住宿歷史最久，油條是其成果，但平易近人，常帶給室內無窮的笑聲。高大的個子，一副男子氣概，無怪乎只有姊妹的她，在家中竟成了男子的化身。鑾嬌小玲瓏，但沈靜地難得見她開口說話。再提到我自己，最後一個入本室，幸賴四位都能以大姊的身份照顧我，很快的了解一切，建立起友誼來。

「喂！今晚看電影—父子淚，老師已批准，全體參加，由伙食費撥款買票。」是高二總室長的聲音，好極了，說真的，已半年沒看電影了，走，走，走向戲院。

冬天漸漸遠離了，春天吹走了寒瑟，卻帶來了緊張氣氛，夏天的腳步，隨春天迫近，緊張被孕育得更茁壯。

「才剩兩個多月，時間越來越殘酷！」

「昨天的複習考，考得不堪回想，慘哉！」

「月考、畢業考、聯考，一個接一個，永無透氣的機會，何時了？」

「唉！今天英文老師又精神訓話，他也不想精神食糧補充太多，要生病的。」

眾口紛紜，談個沒停。那知更可怕的事情發生了，第一寢室兩位同學為了考試，半夜三更起身開加班車，忽然聽見有人從牆外跳入，縱走廊上的門還作響數分鐘，嚇得她們兩位直想到死！

「當時我只想到會嚇死，即使不死，明天一定要搬回家。」第二天，貞還帶著受驚的模樣訴說著。

秀說：「當時我渾身發抖，直冒冷汗，欲叫無聲。」

同學們內心多了一份憂懼，沒料到數日後，又來一遭，午夜十二點一群無業遊民，爬到圍牆外樹上往寢室窺視。雖有驚無險度過，但憂懼有增無減。無奈是多難之秋，舍監因病住院，取代的是位年輕女老師，她能有辦法嗎？報告教官，也沒有積極的辦法，對那日式破舊的宿舍，實在無法防範。

經此兩次的驚嚇後，又平靜了一陣子，高三住宿已近尾聲。畢業考像顆炸彈進入每位同學心裏，不時可聽到頭要爆炸、心要爆炸的嘆息聲。畢業考最後一天，高二為我們開歡送會，一頓豐盛的午餐，吃來卻無滋味，離別、命運在同學心中打滾，多少時日來同飲同牀，一旦分別，何日重聚？在互道珍重再見聲中，熱淚浮現在每張臉上。

如今回憶一段住宿的生活，不由地會想起這些熟悉的面孔來。今年寒假又快來了，雖然我已考上了大學，也做了一學期的「新鮮人」，但在這遠離家鄉，各奔東西的年代，誰不懷念那段多采多姿初次住宿的生活。餐廳、寢室的早讀、夜讀，餐桌上啃饅頭、談考試、罵現實，半夜的惶恐，以及中學時代的伙伴，如今何處尋覓。

五、初為人師

天啊！我竟這麼笨！淚水到了眼眶還得強制抑住，在數十隻眼睛面前能哭嗎？勉強地，叫他們拿起鉛筆，照著黑板的字寫在本子上。「老師，我不會寫！」「老師，他打我！」這邊又起了哭聲，那邊又有離開座位的小朋友。「不來教了！」我在內心狂喊著，「不，不行，辛辛苦苦找到的工作，怎能輕易放棄！」可是我的確不行呀！怎麼辦？誰來救我？

「坐好！上課不要講話，不要亂跑。不會寫，老師教你們！」我幾乎不相信那是自己的聲音，沙啞而激動。無意識的走到小朋友旁邊，牽起他們的小手，在本子上一筆一畫的寫著。何時三個半鐘變得那麼難度，無辜的細胞一個個氣死了，生平第一次做事，就有這麼多困擾，不中用，確是個無用之才。良久，才挨到放學時間，半天的工作總算結束了。

走在炎熱的陽光下，汗水掉了下來，內心卻是一團冰冷，沈重地要拼出來。「學生都不怕你。」「人數怎麼越來越少？」園長及她女兒的話在耳邊響起，全是我的責任？學生不怕我，我承認。才兩星期，彼此並未熟悉，也談不上感情，況且我無經驗，教不好！但我會努力的，何以見得人數越來越少？才走了兩個，一個還是搬家的，豈不存心挑剔？或也難怪，一個不會彈琴、不會跳舞的老師，人家要聘用，已不錯了，教不好，難免人家要說話。怪自己吧！

細雨惱人的傍晚，踏著沈重的腳步去上學，「學生總比老師好當，十二年的學生生涯，比起十二天教師生涯，畢竟當學生舒服，還純粹得多。」我自語道。

以前老師常說中學時代是人生的黃金時代，一點也不以為然，現在相信了吧！呆坐四小時後，又是擠公車的滋味，像一碗無鹽又無油的陽春麵，令人難以下嚥，我卻偏偏和它有緣；三年的吞吃，曾把我擠胖，現在又把我擠瘦了不少，往後還要吞吃多少時日？下了車，到家又是夜深人靜。宇宙完成一天的工作，大地欣然入睡，一天過去了，我做了什麼事？躺在床上，不是睡覺，而是哭泣，棉被呀！您能幫我解決事情嗎？亦或只能吸取我的淚水，好忍心。

爸媽，您在何方？為何要棄我於不顧？高中畢業，竟是這麼一回事，一無所長，謀生不得，我錯了嗎？當時高中聯考放榜，我好高興，幾位要好同學都同在一個學校，大家早已嚮往的學府。但爸並不希望我上高中，而要我上師專或商校，可是得知錄取的早晨，正是師專招考第一天，在高興之下，考試之事，也把它置於一旁，我倒希望師專落榜，一來免得爸強叫我去唸，二來免得自己左右為難，後來商校連報名也沒去。爸之意是女孩子不必要上大學，而我卻認為讀大學是理所當然。

或許爸的想法是對的，上師專，當老師沒問題，上商校，謀事容易，小劉珠的工作不是很輕鬆嗎？而今我卻撲入一個困窘的環境，誰能了解？病魔相繼奪走了爸媽的生命，帶到一個距離人間最遠的世界。多少次的追思，多少次的幻想，母親在我腦海中僅是一個美麗的幻影，時而近近的在我身旁，對我獻出最偉大的母愛；時而遠遠的離我，可望卻不可及。上天賜給我的母愛畢竟太苛了，僅是八年，而八年當中我懂事的時刻又有多少？是爸想媽？還是媽要爸去作伴，爸也忍心走了，永遠不再回來，留下人間一個最悽慘的哭聲，哭聲帶走了我的親人，卻帶不走內心的悲痛。

孤苦仰望漆黑的天花板，窗外車子馳疾聲、喇叭聲相繼而來，台北是個不夜城，午夜的街燈亮得刺眼。如今我已如願上了大學，又有一份工作，該高興吧！不，事實並不如此，為何產生更多的愁思？事態的變遷，令人難料，往事不堪回首，未來是個不定數，猜得？料得？眼前又令我難堪，在這寂寞的深夜，能叫人不感傷？

六、我從台北歸來

「明天開始放假？」秀蘭帶著疑問的口吻說著。「嗯，考完了。」我低低說了一聲，也表示回答她。「唉！一點也不像就要放寒假，大家交完卷，各走各的，一聲道別也沒有，不像高中還要團聚一番，說聲再見。」沒等靜一說完，秀蘭已搶著說：「班導師還得語重心長交待幾句呢！」「這大概是大學與高中不同之處吧！」靜一感慨地說，深含著懷念高中生活的意味。三個人沈默了下來，好像有無限心事在心頭，走在微亮的廊上，看不清對方的面孔，這氣氛似乎更平添了幾份離愁，到了校門口，秀蘭停下腳步說：「就在此分手吧，我還有點事。」「再見，明年開學見！」三人揮揮手，分成三路告別了。我朝著公車站走，一陣寒風吹來，冷不禁打了個寒顫，繁囂的台北街頭，在這寒冷的夜晚，也顯得蕭條了。

站在搖擺不穩的公車上，此刻的我，反不覺得它有多討厭，嗨！是為了將和它告別一段時期之故，或是我的心正思索著許多雜事，沒注意它到了那一站，沒感覺到它像醉鬼顛顛倒倒。放假了，不正是明天嗎？一個比往年長且悠閒的假期─三十八天，沒有功課的壓力，沒有趕不完的作業，我要回家鄉去，回到久違五個多月的鄉村。咦，明天還要上幼稚班？數數還有五天，那裡才放假，噢！漫長的五天，當我思鄉情切時，五天竟變得漫長且難挨。

最後一堂課，發給每位小朋友一張成績單及一些獎品外，又再三叮嚀他們在家中要做個好寶寶，不要忘了天天寫作業，唱完「再會歌」，目送他們高高興興奔了回去，心情輕鬆了下來，對，我也要回家，和他們一樣？

「姑，妳回來啦！」小慧叫了一聲，奔到我身旁，小宏也出現在眼前。幾個月不見，小鬼都長大了，小慧已是國小一年級的學生，看樣子，她一定比以前乖，遞過一包糖，樂得他們一臉甜笑，憶起上次大哥來看我時，對我提起小宏的話：「姑要去台北買麵包回來給我吃。」不禁莞爾。三個人齊步走進廚房，叫了聲：「大嫂。」她正忙著呢，向我看了看說：「回來了，好像瘦了一點。」一股年糕香味撲鼻而來，我不禁嘆了口氣：「歲月易逝，又是年終歲尾了。」嫂子說：「坐車累了吧，去房間休息休息。」

躺在牀上，吸了一口氣，好舒服，我終於回來了，離鄉的日子，只有懷念的份兒，今日又重回我的房間，又可以呼吸新鮮的空氣，都市的緊張、繁鬧，幾乎沖昏了我的頭，遭逢不如意，使我掉了不少淚，更不知學得些什麼？內心一陣悵惘，四周的寧靜，顯得格外孤寂，往事隱約出現，我不願多想，空蕩蕩的房間有人去樓空之感，爸的去世，這房間只剩我一人，不到半年，我也北上了，偌大的房間，只有白天小姪才在此作功課或玩耍，唉！禁不住淚滾了下來……，「姑，吃晚飯了。」小慧在廚房叫道，走出房間，窗外好黑好黑，加上風聲沙沙，有些可怕，不像城市，午夜還一片光亮，車嗚不已。

為了過年，嫂子忙著購物、蒸年糕，我幫她做些雜事，照顧小孩，直到除夕夜，一切總算忙完了，吃過豐盛的年夜飯，也就回房休息。大年初一早上，照例吃雞肉煮麵線，不曉得這是不是村裏特有的現象？不過它總比牛肉湯麵要好吃幾百倍呀！剛放下碗筷，兩個小鬼就嚷著要換新衣，穿上新衣，拿著糖果，到外面玩去了，孩子永遠是天真可愛的。我倒空了下來，拿出車上未看完的一本小說繼續往下看，終於翻到最末一頁，內容平淡中夾著曲折，女主角的遭遇令人同情，丟下書，心裏還有一份不平的感慨，或許它正反應著人生的某方面，算了，不管它。

清晨嫂子叫醒我，遞上兩封來信，看看錶已經九點鐘，真有些不好意思，怎奈幾天的忙碌，接著又幾天的早起，到年初四實在忍不住要找周公長談一番。靜一告訴我說：「清湯掛麵已不存在，還難過了一陣。」我倒有點想笑，還恨不得馬上見她一面。秀蘭約我爬獅頭山，還得多找幾個人，但這種細雨惱人的天氣，如何登山？只好期待晴天的來臨。好不容易挨到年初八太陽才露臉，來個迅速召集法，邀了六位高中同學，一起去踏青，一見面，美月就開腔：「怎麼一絲不捲？真像個小孩子。」我只好答道：「就要燙了。」久別重逢，雖然改變不多，至少已脫下白衣黑裙，換上漂亮的衣裳，比在學校的日子成熟了些。一面欣賞碧林修竹、山中白雲，一面說各校不同的風光，鳥鳴山更幽，美玉平常祈求的境地也實現了，走到望月亭，惠媛失望的說：「原來望月亭是此等模樣，太美其名了。」秀蘭以半安慰的口吻說：「我們已站在獅子的眉毛上了，而且是獅山的最高峯，登高遠望，不很好嗎？」我們都笑了，笑聲引導我們往前走，一陣幽香飄來，又是一座清靜的廟宇，「我們也來當一次法師，過過與世無爭的生活。」錦華一旁說道，美月答道：「別開玩笑了，年輕人，學業都未完成，談什麼法師和尚的。」錦華似乎未改她高中時代的悲觀作風。水濂洞是最後一站，見了大尊佛像，不免聯想到歷史上的那位唐三藏，不辭千辛萬苦西天取經，再想到布袋戲中那些打打鬥鬥的木偶，倒有些想笑。清澈的流水潺潺，碧綠的山林茂茂，這境地，確是修身的好地方。

日子的消逝似流水，小慧在我的督促下，功課做得很完美，字也漂亮了，和小孩子在一起的日子畢竟是快樂的。不知不覺中，假日終將結束，我得重整行李踏上旅途，雖然此次返鄉收穫不少，內心有著滿足的感覺，但再次的離鄉仍令我茫然。離別的當兒，嫂子叫我清明節要回家掃墓，我跟小姪說下次再買更多的東西給他們，一陣難過襲上心來，不得不提起沈重腳步跨出庭院。還好事先約定秀蘭火車站見面，否則那漫長的旅途如何打發？

七、應徵記

辭了幼稚園的工作，太閒了，是件憾事，呆在斗室內磨時間的滋味，更不好受，生活平淡得沒有緊張、輕鬆的時刻，天天是假日，沒有週末，更談不上星期日，不高興的時候，索性白天、夜晚倒過來用，活著的目的，只為晚上四堂課，我真懷疑這是那一門的生活方式？換來個太閒的頭銜。為了工作，我曾努力過，但事實何談容易，幾次經驗，令我心灰意冷，勇氣全消。

「小柯，我找到工作了，明天開始上班。」秀蘭滿懷高興來找我，「好運，一開學就上班，比上學期有辦法，能不能把我也拉進去？」「可以，我跟他說過了，那兒現在正缺人呢！」清早，兩人充滿希望去了。但第三天還在夢中，秀蘭就來催上班，我乾乾脆脆說：「不去了，三重那麼遠，又要轉車，累死人。」她看我沒有起牀的意思，也抱怨起來：「這樣子的包裝工，和她們在一起，日久氣質定會變壞，上課又提不起精神。」然後提高聲音說：「妳不去，我也不去。」唉！第一天見到老闆那付高高在上，愛理不理的樣子，好像是我們去求他的，早就看不慣，料想到待不久，竟沒想到只有兩天的工夫！

雖然決定不去，心裏不免難過，閒下無事，不比有事好過，況且我們須要工作，賺點費用，再次將一切希望寄託在報紙上。「補習班徵抄寫員？」不壞吧！可去試試，「來應徵的？」是一個穿睡衣睡褲的中年男子，室內有些凌亂，旁邊還有一間教室，他是僕人？是職員？我的心開始跳動，雖然來前已知道是四樓，「這下子只好強作鎮定，隨機應變。」秀蘭對我使個眼色，「到裏面教室坐坐，稍等一下，我穿這樣，你們老站在這兒也不太好。」帶著不知那一省的鄉音，聽來更可怕。

教室的空氣混濁沈悶，和外面晴朗的天氣不相調和，秀蘭說要開電風扇，我擔心極了，忍不住叫：「現在還是冬天呀！我要回去，嚇死了。」正轉身，被她一手拉住，外套袖子被拉垂下半截，「不行，一起來，一起走，再等一下看看。」無可奈何呆立在她身旁，這時三兩個應徵者隨之而來，緊張情緒才緩和下來。不久一位年輕的人拿一疊紙發給大家，叫每人抄一題數學題，然後寫下住址、名字，最後說：「錄用了就通知你們。」

「剛剛那感受比大學聯考還緊張，我每一根神經都在準備作戰，或許是給他那付打扮嚇到。」秀蘭竟對我扮起鬼臉：「妳也真是，偏往壞處想，回去等消息吧。」可是幾天過去了，卻一點消息也沒有，一絲希望隨之沈落。

靜一看我天天為找工作忙，一天對我說：「今天的報紙，看小孩的要不要再去試試？我陪妳出去走走。」她就這麼命好，悠閒過日子，不為找工作煩惱，什麼才一年級啦！多玩玩，要做事，以後再說。杭州南路又段又巷的，怪難找，老半天，好容易才找到，猛一抬頭，大大一個紅色的「當」字出現在眼前，「咦！是當鋪？」我叫了一聲，拉著靜一掉頭就走，走了一段路，忽然想到報上登的是二樓，而當舖是在樓下呀！或許二樓是另一家，靜一說倒回去看看，不過我不想冒險，萬一是同一家，豈不？「膽小鬼！沒用。」她竟罵起我來，早知如此，不如在家睡一覺好些。

「我到電子公司報名，妳要不要，趕快去，還來得及。」秀蘭拿著辦好的手續給我看，一看她又要上班，我也匆匆趕去報名，誰知剛趕到，小姐卻說：「下班時間已到，明天再來。」啊！白跑一趟，浪費車費，滿懷失望走回去。第二天中午正想再去，碰到秀蘭回來：「辭職了，買回自由，才不做那種覷人眼色的事。」我再也沒勇氣去。

往後又是幾次的應徵，卻愈徵愈沒勁，弄得令人心煩。膽小？想得太多？吃不得苦？沒碰上機會？一連串問號在心中，情緒低落得很，同寢室同學看我這模樣，都安慰地說：「慢慢來，別急，等二年級長高一點，容易找。」我也只好認了，把希望寄託於將來，暫時將痛苦淡忘。

八、憶春節

「姑姑，妳回來啦！」小姪女叫了一聲，奔了過來，跟著，小姪也出現在我眼前，我含笑說：「小慧、小宏你們都長大了許多！」遞了一包糖給他們。三個人走進廚房，我叫了聲：「大嫂！」她正忙著呢！抬起頭向我望了望說：「回來了，好像瘦了些。」一股年糕香味撲上鼻來，「唉！又是年終歲尾。」不禁嘆了口氣：「歲月易逝。」

「姑，今晚我要和妳睡，講故事給我聽哦！」小慧要求著，「好的，不過我要先看看妳的功課。」說著我走進房間，心裏輕鬆了下來，躺在牀上，好舒服！車上得來的倦意也消失了。五個月一轉眼消失，如今回來，一切依舊？不禁想起一位老師常愛掛在嘴邊的一句：「蓋將自其變者而觀之，則天地曾不能以一瞬；自其不變者而觀之，則物與我皆無盡也。」目前的平靜，使我難過也難忘那一次生平最大的打擊。頓時悲痛、寂寞包圍了我，就這樣子，我失去了那麼多？永無彌補之餘地。

「姑，妳這次回來多住幾天嗎？不要過兩天又要走了。」「不會的，這次要很久才走，妳不會寫字，我教妳。」聽到寫字，她似乎有點怕，不敢多說下去。唉！我回來過春節？亦度寒假？其實春節不正包含於寒假。新年，它屬於我嗎？不，小慧、小宏他們才有所謂新年。

大年初一，照例總得起個早，六個人用過豐盛的早餐後，兩個小鬼就嚷著要換新衣，穿上新衣，臉上露出最純潔的微笑，拿著糖果，到外面玩去了。我倒空了下來，不覺空空洞洞的，什麼也不敢多想，外界的歡欣，對我卻起不了一點作用，只好拿出一本小說隨意翻看著。第二天一早起來，雨卻比我來得更早，細雨絲絲滿庭院，原本邀了幾位高中同學一遊獅頭山的，只好打消了。

萬沒想到一下就六天，細雨真是惱人，出去不得，天天悶在家裏「與周公為伍」，一個清閒的寒假，沒有功課負擔，原本可乘此多看些喜歡的書，誰知身臨其境卻早已忘得差不多了，一個個都是懶洋洋的細胞，還曾記得提醒什麼？

直到年初八才放晴，急急來個迅速召集法，邀了六位同學，踏上獅頭山之途。一見面，美月就開腔：「怎麼還清湯掛麵？真像個小孩子。」我只好答道：「就要燙了。」坐在望月亭，美月又叫了：「望月亭原來是此等模樣，太美其名了，失望！」秀蘭卻說：「別失望，我們已站在獅子的眉毛上了，不很好嗎？」走著走著走進一座廟宇，一陣清香徐徐而來，望著大小尊佛像，大家想像佛教靜心的境界，美玉低聲說：「我們也來當一次法師！」「別開玩笑了。」媛惠隨口答道。一陣笑聲引導我們往前走，鳥鳴山更幽，慧貞一上山就認為這個境地確是市區所不能擁有的。

時光逼我再次告別家鄉，走回一個緊張繁華的地方，春節已過，老同學分別了，小鬼的笑聲還在腦海中盤旋，一切似乎不可追思、不可祈求，任其自然罷了。

九、春暖花開時

天天呆在悶室裏，幾位同學、幾本書外，別無他物，非仰望天花板，枯坐冥想，即找周公大人聊天，如何體會春的來臨？怎能聞得春的氣息？鳥的歌、花的香，沒得穿越重重圍牆，飛進室內的本領。或許每天傍晚走過校門前，紅白參雜的杜鵑花映入眼簾，偶爾滴滴細雨灑在臉上，才會下意識地叫一聲：「春天了。」聯想到高中時代，校門口那一叢叢的早春杜鵑，是聞名風城的，不禁悵然。踏出校門至今多少時日，我做了些什麼？獲取多少知識？學得多少待人處事的道理？師長的話不敢多想一下，徒增感傷，已令我害怕了。

「星期日郊遊去吧！」同學相邀著，我搖搖頭，不想玩或不敢去玩？自己都分辨不清了，身為年輕人，又是美好的春天，卻提不起玩勁，唉！懷著一顆渺茫的心，勉強去應徵了，仍是落空回來，去得太遲了。瑞雲和我，簡直像瘋狂似的傻子，數一數已是第七次了，除了浪費時間精力外，剩下的恐怕只有心灰意冷加上頭昏腦漲。第一次好高興哦！懷著理想化的心情去上班，誰料到才做了兩天，都不去了。再次去應徵，被人說：「太矮了，不行！」算了，回去睡大覺吧！看能否長高些？既哭不出淚也笑不出聲，唯一安慰的是，那工作根本不適合我們，否則豈不更難過，「喂！我到電子公司報名了，妳要不要去？」秀珍來告訴我，不料就在第二天中午，她竟來說：「辭職了，買回自由。」三個活寶啞然失笑了，乾脆俐落，任其自然，躊躇未定的我，也知難而退了。

隨著開學，即忙於尋求工作，卻處處碰壁，求職何談容易，望著日子一天天成為過去，仍是終日閒坐，無所事事，浪費時間，浪費生命，不禁一陣慚愧難過襲上心頭，精神也沈重了起來。高三時，同學已預感到畢業即失業，提前嘆氣，深怕分別後，大家聽不見這句話，有的卻說：「畢業後別再做家裏的寄生蟲了。」兩個對比的說法，回味起來都有其內涵的意義，更是難題之所在。

「再出去碰碰看吧！看家的。」瑞雲又催我上路，說走就走，一面走一面抬頭望門牌，待找到地址，迎面的竟是一家當舖，天老爺，轉身溜為快，誰敢進去？懊惱又白走一趟。恨不得就此回鄉去，家鄉此刻不正又逢草木皆春的新氣象，小山上增加幾分綠、小溪旁不再冰冷，無知的小孩大可舒展其筋骨了；春將會帶給小村無限的希望。無奈北上台北無故人，面對著是緊張、現實的一面。唉！何時才能達成心願？使內心和大地一樣春暖花開，充滿朝氣，有著青春活潑的氣息。

十、談如何選擇課外讀物

課外讀物，顧名思義非課表上所安排的課程。而是課餘時間所讀者，既可以陶冶心靈，又可以增進知識。然身為學生，除了寒暑假，平時休閒時間確實不多，而市面上的書籍雜誌，五花八門，好壞參雜，若不慎重選擇，則浪費精力，不特未收到陶冶的目的，反有貽害身心，步入錯誤歧途的可能，豈非人生一大悲哀？故欲以微小的時間，從課外讀物中獲取較大的益處，則非先做一番選擇不可。

文學性的小說作品，除了故事的情節曲折感人，還能反應社會某一方面、或蘊藏著其他意味、或反應人生，是值得一看的，如我國的紅樓夢、西遊記，外國的老人與海、戰爭與和平，成為千年不朽之名著，乃於書中間接的訓示社會人生。這類課外讀物大都是又厚又重的，最好擺在寒暑假慢慢品嘗，方能領略其意義，不過平時也可以看看，積少成多。短篇的作品於日常生活中，較容易接納，文藝的也好、理論的也好，只要言之有物都是好的，只要有益於進修德業都具有其價值。報端的一篇短文、一首小詩，只要花三兩分鐘，而能獲取知識，更是簡便之徑。科學性的雜誌，報導日日在進化中的科學，使人不致於跟不上時代，也是不可缺少的書籍，因其語文較枯燥，一般較不受歡迎，故必須有耐心且培養興趣。有深度的漫畫，更能一看而大笑不止，含有消除疲勞、解除煩悶的作用，其中卻有諷刺、教育的特色。

把握住閒暇、短暫的時間，多多地閱讀有益的書籍，無形中增進不少知識，而產生高深的見解，就不會拿武俠小說、通俗的言情小說、或其他的黃色書刊當消遣了。自然而然地，所喜歡的都是文學性、科學性的書籍，而能收到增進學問、陶冶性情的效果。

十一、左傳殽之戰的本事

晉公子重耳因驪姬之亂逃亡至鄭國，鄭文公不加禮待，且鄭文公想背踐土王宮之盟，與楚友好，於是晉、秦兩國在僖公三十年駐軍鄭國。鄭伯從佚之狐議，遣燭之武見秦君，做退秦師之計。燭之武以地形分析戰爭結果，只會擴張晉國土地，對秦並沒有利益的「亡鄭陪鄰」，及以前秦幫助晉惠公回國即位，惠公許以「河外五城」與秦，但即位後就設版築拒秦的「晉背秦德」挑撥秦王，更說出晉不會有滿足之日，既往東擴地，定會再申張其西之領土的「闕秦利晉」關係，說服秦君，秦君才與鄭訂盟，派杞子、逢孫、楊孫替鄭守邊，並撤兵回去。晉文公感秦之恩，不願自相攻擊，亦下令退兵。

三十二年冬天，晉文公卒，將停柩於曲沃，離城門時，柩發出如牛叫的聲音，卜偃告大夫說：「文公指示我們國家將有大事，秦軍將突破我國境，出擊之將獲勝。」，秦伯聽信杞子所言，暗地攻擊鄭，定能得勝，而沒有採納蹇叔所諫的勞師擊遠，且鄭必有防備，勤而無所得，軍隊會產生悖慢之心的看法，卻派孟明、西乞、白乙出師於東門之外，蹇叔見軍隊出發，知軍勢不利，而哭著說：「孟子，吾見師之出，而不見其入也！」更哭而送其子與師，知晉必敗秦君於殽。

三十三年春，秦師過周北門，王孫滿觀其輕而無禮，言其必敗。至滑國，鄭商人弦高遇之，借以乘韋先牛十二犒師，一面阻止了秦軍的前進，一面派人密告鄭王。鄭穆公即辭客館，秦駐鄭三將杞子、逢孫、楊孫乃他奔。並整飭軍隊，磨治武器，孟明知鄭有準備，不可希冀，故不敢攻擊，轉而攻下滑國，收兵回國。

晉元軫（ㄓㄣˇ）以攻秦是上天所給的機會，不可縱敵，因縱敵會產生數代的後患，說服欒枝必伐秦師，於是發令興姜戎，梁弘御戎，萊駒為右。夏四月辛巳，敗秦師於殽，俘獲百里、孟明、西乞、白乙而歸。晉文公妻文嬴，要求放回被俘的三位將軍，待元軫上朝，得知穆公已放回三帥，認為會有禍患，穆公大悟，派陽處父追趕不及，因三人已划船至河中了。秦伯哭著迎接三人說：「寡人不聽信蹇叔之議，才侮辱了二三子，是我的罪。」而未處罰三位將軍。

十二、也是春假

寢室內只剩五個人，其餘的都回去了，回家度春假，補營養。說真的，在外吃多了饅頭，麵包，遲早總要鬧出營養不良症。奈何我只有眼巴巴看同學一個個高高興興回家的份兒，早在春假前一個月就數著日子，計畫著何時回去，誰料到放假前三天才找到一個短期性的工作，連星期假日也被剝奪了，看看一雙做得有些疼痛的手，內心酸酸的，有點想哭。

翻開書本，沒看完兩段已讀不下去了，偌大的房間只剩我一人，怪寂寞的，即使那些沒回家的，也都早安排好節目，一個個走光了，我就像無條件看家似的，差點忘了今天是青年節，難得放假一天，還是在家好好休息吧！望著書本出神，不覺唱起歌來，天倫歌、偶然、巾幗英雄……唉！歌詞也忘得差不多了，高音一唱變低音，沒辦法，高中時候的音樂就是六十分，反正沒人聽見，自我欣賞總可以，不覺已近中午，收拾歌喉，走向自助餐廳報到去。

吃過飯，寂靜閒暇催人眠，來個長長的午睡，也算是人生一大享受。晚上玉珍第一個回來，「嗨！一日不見，如隔三秋，妳回家兩日，算算有幾個秋了！」我打趣地說。「榮幸之至，妳那麼關心我。」她報以微笑，打開行李，拿出兩包新竹米粉叫到：「明天晚上炒米粉吃，好不好？」「好好！希望明天趕快到。」。

一面工作．一面心裏卻想著晚上要炒米粉的事，看了看錶，還早呢！工作雖有些累，但精神上卻很愉快，幾個人靜靜地做著，偶爾說個笑話，或談及棒球又打勝了，大家都高興。下班後，加快了腳步走向公車站，未進門，已先聞到香味了，三個準廚師正忙個不停，「要不要我幫忙？」我問道，「不必啦，再一下子就可以讓你噹噹美味了。」她們帶著得意的口吻。果真半小時米粉上桌了：「有肉、有蝦仁、有葫蘿蔔、有青菜，這種色、香、味俱全的米粉，一定好吃。」

「好香喔！口水都快掉下來了。」

「來，我先開動，噹噹廚師的佳餚。」

「我要加醬油。」

「我要開水。」

「什麼吃米粉還要開水。」

六個人一面說，一面吃得津津有味。

不知誰把話題轉到交男朋友上去，大家指著已有男朋友的秀青說：「妳有經驗，講出來讓大家參考。」她哪裡肯，推辭著說：「留著你們自己慢慢體會吧！何須我事先說明。」

「我到現在還不太敢想這問題。」
「我要個志同道合的。」
「我希望他是個工程師！」
最後美玉說：「我要醫生。」「是不是因為妳常便秘，才要找個醫生？」淑慧帶著猜疑的眼光反問。「大概是吧！」她回答，這一問答，使得大家笑做一團，笑聲中結束一個難忘的晚餐。
待大家洗完澡，時候也不早，「很不錯，今天不用吃宵夜。」秀青說，「一齊睡覺吧！明天得上班。」玉珍接著說，於是一個個上牀，希望每個人都有一個美夢到天明。

十三、「勤能補拙」說

上天賦與人類的資質，毫無公平可言，有上智，也有下愚，而在上智、下愚之中，要達到成功的道路，唯一的途徑便是勤勉不懈的努力。

假如天生就有才智的人，勤勉能使它吸收並領悟更多的學識，如果不幸的，生來就資質低劣，那只有「勤」字才能彌補其不足。

一個資質下愚的人，如果自暴自棄，那才真正下愚，中庸上說：「人一能之，己百之，人十能之，己千之，果能此道矣，雖愚必明，雖柔必強。」資質低並不是不可造就，肯努力，肯勤於求上進，成就往往不下於天份高的人，甚至有過之而無不及。

力。愛迪生曾說：「成功是百分之一的天才和百分之九十九的努力。」他之所以能成為大發明家，在於努力不懈，朝朝暮暮勤奮努力，勤於求知。在龜兔競走俗諺中，兔子以為自己先天條件優勝和驕傲，烏龜卻由於自己勤奮不懈的精神而取勝，可見成敗得失，完全取決於自己，存乎一心而已。不怕自己的能力不夠，只怕不肯努力去做，能努力，雖移山填海之難亦有成功之日，所以說勤能補拙，人定勝天。

世上的天才總是很少，而平庸的人卻很多，但許許多多的偉人往往是平凡中的不平凡，他們皆以勤來補拙，都付出了相當的代價。海倫凱勒是既聾又啞且盲，集所有的殘拙於一身，但她卻能以堅強不拔的毅力，克服了所有的困難，不但學會了寫字，還著了許多書。正是個鐵證。所以「勤能補拙」是每個平凡人，甚至是天才家的寶鑑，世上的事並非處處令人一帆風順的，只有勤才能擊敗重重困難，為謀事成功之上上策。

十四、學問為濟世之本

國父說：「革命的基礎在於高深的學問。」革命是除舊佈新，先有了一種建設的計劃，然後去做破壞的事，所以必須有高深的學問。國父革命是要推翻滿清專制，建立民主共和，這項艱難的重任，更非有高深的學問不可。國父盡畢生之力致力於革命事業，創造三民主義，所以其能致此者，端在有足夠的學問。

濟世，不外服務社會，謀福群眾，使人類過康樂幸福的生活，要達到此目的，也是在有高深的學問。自古以來，要立德、立功、立言，替國家社會貢獻能力，留名不朽者，必先具備高深的學問。社會的進步，在於眾多有高深學問的人，不斷努力研究，創造改進的成果；反之，人世間如果沒有學問，那人類不將永遠停留於原始時代？而毫無進步可言，再就個人而言，沒有學問如何自力更生？哪有能力可貢獻國家社會。

文明是學問經驗累積的成果，一國的知識水準越高，科學愈昌明，文明也就愈進步，強盛之國由此產生，人民更大的幸福也在此之中。是故萬事成功進步的本源，基於高深的學問，故曰：「學問為濟世之本。」

十五、夜校學生甘苦談

我的右手仍在動著，記著筆記，左手撐著頭，腦海裡裝的不是老師的話，而是疲憊，昏昏欲睡，上下眼皮使勁的掙扎著，右手拼命地寫，想以動來驅逐睡蟲，卻仍那麼不爭氣，忽然，左手帶著頭重重的向老師鞠了一個躬，說時遲，那時快，這下可把我嚇醒了，向老師看了一眼，「但願他沒看見。」心裡想著，覺得不太好意思，趕緊低下頭，正瞧到簿子上的字，天老爺，一個個跳舞似的字也向我看。

功課、工作帶給我的壓力確實不小，回想未找到工作那段時間，往往早餐和午餐碰在一起，天天無所事事，「無聊」成了口頭語。

一旦有工作了，「忙」字也就緊跟著不離去，每天得起個大早，匆匆趕到工作地點，把一個大好白天送給它。下班後又緊張地趕回來上課，以前最討厭擠公車，現在公車上的時間，竟也成了良好的休息時刻。下課後又是一陣忙碌，弄得半夜才能上牀，在這段屬於自己的時間內，沐浴洗衣又佔去了多少時間？真正靜坐時分又有多少？這豈是「非夜校生」所能體會！

不過夜校生也有其甘美的一面，每當夜晚來臨，摒除白天工作的煩悶，坐在課堂上靜聽老師講解課文（想睡覺時另當別論），會覺得自己是何其幸福，「啊！我已能自食其力了。」不覺會來個會心的微笑。碰到新文藝課，老師提起詩、詞，或濃得化不開的文章，又是個美好的時刻，回憶一個人坐在斗室中，躺在草地上曬太陽，神遊或靈魂出竅的過去。想像作家們看到水，想到是淚，看到月，想到是伊，白雲蒼狗，天馬行空，癡人說夢的可愛境地，當時會使人詛罵那討厭的下課鈴聲的打擾。一課課的國文課文，盡是古人的偉大作品，有力的內容，優美的詞句，更有無限羨慕之感。一筆一畫寫出一個個大楷字，此刻心平氣和，「靜」字油然而生，白天的疲勞也為之而消除，這難道又是非夜校生所能體會？

一方面我悲哀是個夜校生，一方面卻慶幸是個夜校生，能半工半讀，自食其力，又能多方面學習做人、求取知識、體驗人生。也唯有忙才能把握時間，摒除胡思亂想，所以最後我還是說：「不錯，我是個夜校生。」

十六、談喜怒哀樂

「嗨，我們再去坐電纜車，好好玩哦！」站在半空中，遠眺青山、下望溪流，好美！小娟還對我說：「坐飛機就是這樣，只是海闊天空，一切在我之下，稻田像豆腐，房子像雞籠，沉醉於雲霧中，更可愛。」隔著山澗看瀑布，白茫茫、細膩膩，像新娘的袍紗，罩著一層朦朧的美；那飛奔直下的水，又像勇往的戰士，抖出全身的精神，顯出雄壯的美。忽然青山、白雲、纜車、瀑布都被一層黑色所籠罩，模糊不清，慢慢消失不見了，我大聲地叫，情景依舊，卻把自己驚醒了。窗外一道日光反射進來，啊！原來是一場夢，日有所思，夜有所夢，重溫一次烏來的美景，不禁泛起一陣微笑。

帶著一份夢中的微笑下了牀，打開抽屜正要拿梳子，忽然看見抽屜內鬧水災。一疊書及幾張心愛的習字，濕淋淋地躺著，看了心疼發火。忍著痛叫它們到外面行日光浴，想到下鋪同學就令我怒氣沖天，又是沖牛奶不小心，開水滲入書桌裂縫，近乎不自愛。曾告訴過她兩次了，仍然不謹慎，恨不得把她當場痛罵一頓，怎奈她正好不在，只好坐下來生悶氣，乾瞪眼。

待氣剛消，一旁的陳約我出去買母親節禮物，還問我：「買什麼好？」天啊！她怎麼忘了我的母親在何方？生平從未買過什麼禮物的。一陣難過襲上心頭，看著別人紛紛寄上一份禮物，獻出赤子思親之心，而我竟連這權利也沒有，慈母的笑容，隱約出現在眼前，多少個母親節在我記憶中消逝，卻沒有機會獻上一份心意，每逢這天只好悶在家裡追思，模擬一個最完美的母親，哪怕僅是一天的幻想。別人的世界如此美好，是因為有最偉大的母愛，而我的世界，正缺乏母愛的滋潤，像小草失去了陽光與露水，顯得脆弱又乾枯，兩顆清淚掉了下來。

「小柯，有妳一封信。」「真的！」我叫了一聲，顧不得未吃完的飯，接過忙拆開，生活照寄來了。老天！有扮鬼臉的，有出其不意的，有伸舌頭的，忍不住大笑起來。她信上還稱什麼「小丑」、「年輕」、「活潑可愛」，這下可把肚子笑疼了，連飯也吞不進去。

你曉得嗎？喜、怒、哀、樂在人的情緒上是隨時出現、起伏不定的。常言：喜怒無常，有如春天般難以捉摸，像少女的心，變化多端，皆是情緒使然。不過，日常生活也由此多彩多姿，不落於死板、泛味。

十七、我對於婦女服裝的看法

傳ㄓㄨㄢˋ曰：「女為悅己者容。」可見自古至今，既身為女子就少不了要化妝容貌，然而古代只為悅己者，現在大概不只吧！走在街道上，要讓成千上萬隻眼睛來觀看。化妝可上自頭髮、臉部、身材、下至雙腳，還有最重要的衣著都包括在內，假如要一一提起，未免太多了，現在謹談談服裝問題。

「迷你裝」的問世，引起服裝界一個軒然大波，女子的裙子由膝蓋下拼命往上縮，一個比一個短，人人「競短」，可是至今它到底為女子增添了多少光彩？過分的暴露，徒增車禍意外。又得了什麼益處？尤其是東方女子，修長而白嫩的美腿並不可多得，假如「金華火腿」穿上短小的衣服，豈非弄巧成拙，顯示了自己的弱點，自貶身價，招來惡評，還會冠上「妨害風化」的罪名，何苦來哉？

最近巴黎服裝界，又介紹了一款新的褲裝—熱褲，比迷你裝有過之無不及，唉！熱褲，不知它將熱到什麼程度？像泳裝？像內褲？一味的暴露，只有帶來更多的不良後果。難道保守一點就會失去一個女子的美嗎？中國的旗袍穿起來不是挺高雅嗎？適長的洋裝穿上不很大方嗎？

雖然愛美是女子的天性，但服裝和首飾，並不能使容貌平庸的人變成高貴和美麗，庸俗的美又能贏得多少人的欣賞？優美的氣質與良好的風度，才能使一個女子顯得優雅和美麗。與其花太多的時間在美容方面，不如把時間用到讀書、求知識上，非但可從書中獲無窮的益處，還可以變化氣質。庸俗美與優雅美，孰輕孰重？相信稍有知識的女子都能分辨出來吧！何必在服裝上做太多的變化？而浪費了大好時光。

十八、流水一年間

今夜，室內悶熱？亦或白天睡多了？久久不能成眠。一旁的雅珍正賣力地讀書，看她微帶困倦的臉龐，不禁要問：「還有幾天？」「不到兩個月。」「努力一點，盡力而為。」每次我總會為她加點油，自己已嚐過聯考這苦頭了，不多打擾她，轉過身來，面對牆壁，思潮卻隨之起伏。去年的此刻，不也和她一樣，為聯考而拼命啃書本，然而歲月易逝，那串緊張的日子，早已成為生活史上的一頁，消失得無法追回。

那個在我腦海中難以磨滅的時刻，美玉和我懷著傷痛的心踏上北上的列車，報考夜間部，多悲哀的事呀！考個不能唸的學校，為的是學費，龐大的數目，從那裏來這一大筆錢？我們相對哭泣，傷心欲絕，卻無言以對。就這樣子上了夜校，從鄉村到城市，多少鄉下人嚮往的大城市，竟令我畏縮，產生不了一絲好感。

想起當幫完一個月的忙，我們要走時，接到酬勞的那一剎那，內心難過且激動得想要一哭為快，但外表卻得強裝若無其事的樣子，雖然並非生平第一次領薪，然而一個月來忙忙碌碌的代價就為了此？白天的疲勞，帶到課堂上的是無法專心聽講，天啊！課業、工作孰重孰輕？受到幾位工作長輩的愛護與照顧，更對我所遭遇深表同情，這並非我所要求的，不會在內心深處產生更多的難過。雖然在寂寞的晚上，常會脆弱得暗自流淚，但在家人面前，我會堅強的，更不希望別人來同情。

第一次領薪的情景隨著浮現在眼前，那已是上學期的事了，我當起幼稚園老師來，做夢也沒想到，每天都有一群小鬼圍繞著叫：「老師，老師，老師的！」唉！一個個天真無邪的笑臉，深藏心中而終身難忘，誰又知吃了多少其中苦，嚐了多少艱難？

一件件的往事徘徊於腦中，一年來體驗到的人生遠勝於過去十多年。站在大鏡前，端詳鏡中的自己，微捲的頭髮，新的洋裝，高跟鞋，何時也學會打扮了？不再是白衣黑裙的中學生，一朵花的少女是這樣嗎？有幾人相信我已二十歲？上次老闆的話才絕情呀！「小妹，你幾歲啦！」「二十！」我從實招來，「看來就像十五、十六歲的小女孩，還讀書嗎？」「上大一！」「嗳喲！這樣小就上大學。」一句句話都離不了「小」，聽了叫人啼笑皆非，真的那麼小嗎？或許是稚氣未脫。無意中翻開高三的一批生活照，傻笑的，扮鬼臉的，狂笑的，不免要說：「我長大了許多！」

歲月總是無情地流著，這些日子來，學得了些什麼？增進了多少知識？除了偶爾幾絲鄉愁，一些微不足言的經驗，寫幾篇作文外，還有什麼呢？我不敢作答。

十九、讀書與救國

讀書是在取得前人的經驗，充實自己的知識，以資造福國家社會，使人類進步再進步。而國難當頭，正是知識份子表現其愛國熱忱與才能的最佳時機，報效國家正在此時，假如畏縮不前，沈迷安逸的享受，或曰我是文人，國家之事與我何干，豈非白費了國家培育人才之目的。歷代多少國難，都是由知識青年奮勇殺敵，投筆從戎正是讀書不忘救國的例證，五四運動也是一群青年愛國學生為國難而發起的。

但在獻身國家，拯救國難之際，也別忘了讀書的重要，人是不能離開書本而生活的，書中會教人運用理智，去克服困難，否則像項羽一樣有勇無謀，也終歸失敗。今日科學進步是驚人的，假如拿起槍桿，就忘了書本，落得一個四肢發達的身軀，救國也是枉然之談罷了。所以人人養成隨時讀書的習慣，戰時更應記起讀書的重要，認清自身的責任重大，國家的生存少不了文化、科學，與技術。並非徒有勇氣即能克服一切的事情。

今日局勢動蕩不安，國際間毫無正義可言，只有利害關係，釣魚台事件掀起中國學生一股愛國行動，不惜犧牲上課時間，示威遊行，卻非最有效的辦法，只有人人讀書而不忘救國，救國不忘讀書，國家才能強盛起來，才不致遭受他國欺凌。我們要的是大家努力讀書，而後全力報效國家，達成「讀書不忘救國，救國不忘讀書」之目的。

二十、自畫像

望著窗外，一排明亮的街燈，發一陣呆，無從下筆。幾個月沒動筆，竟然覺得如此困難，沒話可說？唉！可是也要勉強寫一些。

我生長在鄉下，家鄉是個默默無聞的小村，屬於竹南鎮。父親從事耕農，不消說，每天早出晚歸、辛勤工作，一家艱苦卻和樂的過著日子。可是，不幸的事在我八歲時發生了，病魔奪走了母親的生命，亦奪走了全家的幸福。從此父親失去了良伴，我們更因此得不到最溫暖的母愛，依稀記得那一段期間，男子漢的父親，竟常常以淚洗面，兄姊們也不時在哭泣，年紀最小的我，見著大人悲傷，也跟著流下不少淚，無知的我，還知道再也沒機會叫媽媽了，媽已和我們離得遠遠的。隨著年齡的長大，缺了母愛的滋潤，我孤獨，沈默。

上初中時，常聽到同學談他們的母親，如何的關照他們，而我沒有，只能自己塑造一個比任何人更完美的母親，但她那兒去了？我不知道？有時朦朧中見到她對我招手、微笑，正要定神一看，人兒不見了，原來只是夢一場。殘忍啊！

正當升學考試最緊急關頭——高三的時刻，不幸的事情又降臨了，父親死於腎臟病，內心的打擊千百倍於喪母。升學、不幸……多方面問題，使我幾乎心灰意冷，在急待培植時，父親忍心撒手西歸？哭泣帶不走悲傷，帶不走心靈的創痕，只帶走了我的親人，我竟是無父無母的孤女。數不盡多少次在父親痛苦的呻吟、呼叫聲中驚醒，多少次在含淚眼望父親下葬中醒來，多少次在家人哭泣中不舒服夢醒，一切都是夢？在傷心、無助下完成高中學業。唉！命運如此？

我應屬於內向、好靜型的人，怕吵、怕鬧，在熱鬧的場合，就像要喪失自己，無自我的存在，閑著時寧可靜坐，織白日夢，是否環境造成？獨喜愛鄉村那份清新、幽靜。當初姑媽取我名字時，意思是要我不多話，果真應驗了吧！我愛山，總喜歡到屋後那座小山漫步，刺破了腿也不在意，寂寞時，抬頭看看青山，再仰首望望白雲，心情會開朗不少。我愛海，高中時代，火車每到香山，就可以近看窗外一片藍藍的海，遺憾的是不會游泳，否則我將浸在浪花中，讓海浪打在身上，更有一番風味。談到讀書，我看得太少了，只怪中學時代不善加利用時間，多看些書，有待今後的補救。

考夜校，原非本意，由於環境使然，迫於求學需要，以後還得找份工作，維持自己的生活。我曾憎恨過上天的苛刻，罵過環境的無情，怨過命運的安排，還曾在自己所謂無聊中度過無聊的日子。終究看開了，自己的前途靠自己開創，也唯有求學、充實自己才是積極的，於是我不再怨恨，不再詛咒，要好好完成大學教育，貢獻自己微小的力量給國家。

二十一、記十月的慶典

十月，在我國真是光輝燦爛而又偉大的一月；月之十日是國慶日，二十五日是光復節，三十一日是總統華誕，一連三個大好日子都集中於十月，能叫十月不發光？

慶祝國慶，要不忘當時， 國父領導武昌起義，歷經多少艱辛，犧牲多少愛國同志，才能推翻滿清，建立中華民國。更推翻了兩千多年來的君主政治，及二百六十多年的清廷統治。慶祝臺灣光復，不要忘記日據時代，百姓所遭受日本人的欺凌壓迫，異國統治的痛苦。幸賴蔣總統領導全國軍民，艱苦抗日八年，獲得最後勝利，受日本摧殘五十一年的臺灣，才能重回祖國懷抱，人民再得祖國的溫暖，呼吸自由的空氣。恭祝總統華誕，要不忘臺灣能成今日三民主義的模範省，各方面突飛猛進，完全是英明領袖的良好領導、勵精圖治的成果。更有賴於領袖，團結海內外愛國同胞，上下結成一條心，來完成國民革命第三期的任務。

但大家在寶島上安居樂業，也不能忘記大陸上的苦難同胞，要隨時記起平時即戰時，戰爭沒有前方後方之區分。人人要付出全部的精神力量，不要心存臺灣地方太小，物質不夠的想法。國父說：「革命戰爭的成敗，精神力量居其九，物質力量只居其一。」要有以寡擊眾的強大精神力，況且我們對匪作戰，要「從大陸反攻大陸」，使匪陷於草木皆兵之疑陣，與四面楚歌之絕境。而我們是仁者無敵，一戰必勝的。

將來必有那麼一天，深信即將來臨，反攻復國，光復大陸之勝利，亦將在十月，那時候舉國上下歡騰的熱鬧氣氛，非現在所能預測，是的，我們應該回到大陸上去慶祝一切的節日，到時候十月不更偉大而四放光彩吧！讓我們預祝反攻必勝，建國必成。

二十二、秋夜書懷

傍晚時分，走向汽車站。寒風迎面而來，透入雙臂，我竟渾身發抖。奇怪，今年怎麼冷得較早？各式各樣的車子在公路上飛馳，繁雜的人羣在街上往來不息。啊！我已離家三個月了，幾乎忘了目前正身處台北。

下了車，朝學校走去，步入教室，等待第一節課的來臨。兩眼直視書本，心卻不聽指揮，早已飛走了，飛到遠遠的地方，那裏，想必已大地一片金黃色，不久，農民將會再次豐收。無知的一羣小孩，在田裏，在曬穀場，歡樂笑聲將無異於往常，但可曾記起少了一個人？六年同窗的好友美玉，雖分離而各奔一方，可曾想起一個老朋友，天天騎著鐵馬，一同上學，一同回家？當秋天的黃昏，逆著風兒，一股清涼舒適的感覺油然而生，仰望遠山近樹，談論課業問題，再互訴心裏的話，夢幻美好的將來。

所愛的曇花，再度開花已無共賞的人了，只叫堂妹獨自欣賞罷！還記得那一段兩人一起讀書，護扮鬼臉，一同到田野間、到山上採集樹葉，比賽多寡的情景。深夜觀月亮、數星星，聽狗叫，聞蛙鳴；清早看日出，踏水珠的樂趣，如今何處尋？

臺上老師講得正起勁，可真糟，我一句也沒聽進去，不覺鈴聲已響。走出校門，腦子裏一股昏沈，皎潔的月亮高掛天空，卻沒有家鄉那份明亮，偉大，照亮路人，而我那孤寂冷清的在天之一旁，似乎被人們遺忘了我的存在！

居住了十九年的故鄉，遠離了，我提著行李走到他鄉異地，在人生旅途上摸索，尋求真理，我長大了嗎？為什麼要長大？已不再是稻田旁，池塘邊玩水的稚氣小鬼，但，家鄉的一草一木，一舉一動將無法從我記憶中抹去、消失！

二十三、讀「學記」後感

君子曰：「學不可以已。」此乃勸學篇裏的一句話。荀子勸學篇，旨在說明學之重要，詳述為學之目標及治學之方法。書中最後提及它可與學記參考互證，今讀完學記篇，獲益不少，也證實了荀子所言，對為學有更深一層之了解與認識。

學記，開宗明義即謂：「君子如欲化民成俗，其必由學乎！」又說：「玉不琢，不成器；人不學，不知道。」毫無知覺的玉石，要下工夫才能使之有用，動物也要學習自衛及尋找食物。萬物之靈的人，更要學習很多東西，來啟發其靈性。人出生後，即要適應生存的環境，先要學講話、學走路。稍大後送入學校，求取知識，學習做人的道理，治人、治事之道無所不學，乃能成為國家有用之才。故曰：「建國君民，教學為先。」既為人，就得不斷的學，不斷的從經驗中求知。學，然後知不足；教，然後知困。而教學相長，才會進步，欲達修道化民、政教合一，必先以學為本。

文中論及教育方法，著重豫、時、遜、摩四點，今日之教育依然採用此法，而不能廢去不用。教育在使學者明辨是非，知錯而不犯。因地、因時、因人而施以不同之教導。再依著秩序，由易入難，使其不覺困難，逐漸產生興趣與信心。更重要者在於互相觀摩、比較，從比較中取人之長，捨己之短，獲得進步。瞭解學習心理，糾正其多、寡、易、止之弊病，才會達到教育之目的。

學記全文論教育原理與方法，精細入微，用之於今亦不嫌陳舊。足見我國古代儒家在教育學術思想上之發達。教也者，長善而救其失。教育的目的，在於智、德、體、羣兼備，灌輸人倫道理，常識技能，科學知識於學者，學者還要有舉一反三之本能。教與學為一物之二體，從教育中學習，從學習中得到教育，故曰：「學學半。」不管科學如何發達，人類如何進步，亦無法抹去教育的地位，現在是這樣，將來亦一樣不變，人類總是在學習中求知識，求發展。

二十四、期中考前夕

一坏之土未乾，六尺之孤何託？……完了，接不下去了，雜家出於什麼官寺？也忘了。已矣乎！寓形宇內復幾時？……考前還料到出它的可能，現在正是發揮的時候，卻擠不出一個字，儘管埋頭苦思，仰望天花板，腦子裏仍然空白一片。別虐待自己，索性閉眼交卷，早點回家還求之不得，疲憊的身子正待休息。……卻想到考過的英文也忘了，單字寫不出，問答只好草草了事。內心一陣牢騷，不知是悔是恨或是無窮的矛盾！

回溯考前數日，眼見待考科目一科接一科，國文、英文、四書……竟堆積了不少功課，想辦法吧！但上午得上課（幼教）。半個月來，日子總在恍惚中消逝，一群無邪的小鬼，哭、打架、不會寫字，事事找老師，周旋其中；初次任教，一無經驗，站在數十隻眼睛前，窘得話也說不出。如此，究竟使我重返童心？亦或增加幾根愁絲？

待放學後，只覺聲音沙啞，兩腳發麻。只為眼前一關，要下點功夫，那知翻開書本二十分鐘不到，不爭氣的眼皮直打架，還催我上床，好吧！就依它十分鐘，誰知張開眼一看，一小時輕快的滑過，剩下已無多少，快加油吧！子曰：「視其所以，觀其所由，察其所安，人焉廋哉，人焉廋哉。」……在和時間賽跑道上，輸的總是我的份，怎奈一個下午已消失，上課時間已迫近。

不要再虛度，下午上圖書館吧！於是抱著書本往前走。閱覽室一片肅靜，個個埋頭看他們的書，我也好好看自己的吧！一課課都得熟讀，不得疏忽，生字一個個不客氣的出現，又不能對它們無禮，否則它將送上一份難堪的禮物，才真吃不消啊！

跨過馬路，經過龍泉街，饑腸轆轆，買點吃的也好，那知手到口袋發現一個錢也沒有，原來下午匆忙之中想得不週到，忍耐一下，要不然也無第二技可施，回家再彌補不足之處。爬上樓梯，有一步沒一步的進入教室，等待上課後的裁判。

二十五、慶祝　國父誕辰暨文化復興節感言

欣逢　國父一百晉五誕辰紀念日，也是我國第五屆文化復興節，舉國上下一致慶祝這個偉大的節日。

憶及五年前的今日，正是　國父百年誕辰、中華文化樓落成紀念，政府明定這天為文化復興節。為何要設立文化復興節呢？其原因不外針對毛匪利用十幾歲的小孩，組成「紅衛兵」，搞「文化革命」運動，目的在摧毀我國固有文化。然而我國有五千年的悠久歷史，燦爛文化，我中華固有文化相承於堯、舜、禹、湯、文、武、周公，由孔子作第一次的集大成。經過二千四百多年後，　國父復作第二次的集大成而創造了救國、救民、救世界的三民主義，雖也採取西

方學說，但主要精神還是繼承這種文化道統，而加以發揚光大。我固有文化那可輕易被毛匪摧毀？故毛匪不用老年及中年人，他們已深受傳統文化教育，對不仁義的行為已逐漸覺醒，不會心悅誠服的信賴其騙局。才煽動誘惑無知的青少年，利用血氣方剛的弱點，搞得天昏地覆。想以此來鞏固自己的地位。殊不知文化與民族是分不開的，所以我們要復興中華民族，亦應從復興中華文化做起。

我國傳統文化的基礎是倫理、民主、科學，而　國父手創的三民主義之本質也都具備了這三項。倫理思想即四維、八德、三達德，都以仁為本，民族主義的精神就基於此。古代的「民為貴，社稷次之，君為輕」，就是現代的民主政治，民權主義的精神就基於此。禮運大同的「貨力不必為己」，以合作為基礎，以服務為目的的社會思想，和深植在固有文化中的科學思想，都富有民生主義的精神。

今天，已是第五屆文化復興節，國人已努力於推行文化復興，如科學已有長足的進步，教育也向前踏進了一步，但人民的日常行動，及生活規範，尚未達到盡善盡美，須知小節不顧，足以妨害大事，必須人人努力合作，方能復興中華文化。大家要一心一德努力實行三民主義，打倒極權政治，摧毀共產暴政。唯有此，我國傳統文化，才能更光輝、更燦爛，世界和平才能確保，才能促進世界人類的福祉！

二十六、拿破崙曰：「『難』之一字唯愚人所用字典為有之耳。」試申其義

難與易，無截然劃分的可能，端視人之力行與否耳。為之，則難者亦易；不為，則易者亦難矣。十九世紀的英雄人物拿破崙，出身卑微，早年在法國讀書時，還曾受貴族子弟多方的譏諷和侮辱。然而，日後竟能氣概蓋世，縱橫歐洲，無他，能自強不息地奮鬥、掙扎，他有字典上找不到「難」字的信心。中國的項羽，先天給他一個強壯的身軀，但有勇無謀，終於在楚漢之爭中失敗，落得自殺之地步。此非難與易明顯的例證？

國父有「知難行易」之說，他一生不怕困難，革命十次失敗而不氣餒，終達成功之日。陽明有「知行合一」之論，其義不外鼓勵實

行。畏難、不肯力行，是愚人之行為。大專聯考競爭激烈，不易擠進大學之門，於是乃有放棄機會，不肯下功夫、勤讀書本者，豈非愚者之尤？然而每年依舊有那麼多人被送入大學。最美麗的蝴蝶蘭，生長在阿爾卑斯山峯上，不冒著危險，勇敢登上山峯，能見蝴蝶蘭之手采？

事無難易，成敗唯繫一心，天下豈真有難事？畏難乃失敗之成因，事之成功與否，完全由於「人為」條件所決定。古時的愚公移山，精衛填海；今日的登上月球，不是令人難以置信的事實？故曰：「吾心信其可行，則移山、填海之難，終有成功之日；吾心信其不可行，則反掌、折枝之易，亦無收效之期也。」心之為用大矣哉！夫心也者，萬事之本源也。天下有無難事，亦視人之有決心與否而定耳，倘一個人能控制自己方寸之心，本著不畏難的精神，接受人世間大大小小事情的考驗，最後必能克服任何困難，而抵於成也。

二十七、真實的夢

凝視作文題「真實的夢」，我狂笑了，那位同學曾經說過：「既是夢，就不真實；既是真實，就不為夢。」那我還動筆寫什麼？

涼風徐徐吹來，我正漫步河邊，點點螢光，炊煙裊裊，正是家家燈火的時候了。這裏遠離車聲、人語，水面一片靜寂，靜不是很美嗎？當然，如有微風吹送，也許更覺寫意。波光粼粼像音符般跳躍，我期待著風兒，水面卻又靜止了，我的心也平靜無比，於是我斜倚高樹，想著，想著……

我常幻想遠離人群，隱居深山，和那濃鬱的森林為友，和那浩蕩的江水結伴。而現在我正得到期待的平靜，那泓靜靜的心湖不起一點漣漪，那白雲沒有孤寂，那藍天沒有憂鬱，這是無競爭之地，儘可隨心所欲行事。差點忘了手上的釣竿，魚兒，你可以不用耽心來吃魚餌，那怕被釣上岸，請放心，我只是想和你談一談心，能有幾個會心的微笑也足夠了，我要與你為友，到我回家時，再把你送回水中。

最後一抹夕陽隱入了林梢，月兒上升了，白日去了，換上了夜晚的境界。河邊寂寂，松林呼嘯，是的，我要回家了，回去聽雲姐講故事，夢遊仙境的故事，太美好了……

忽然，我被一個長長的喇叭聲驚醒了過來，咦？我沒有睡覺呀！好一個白日夢？真實的夢？

二十八、一週來時事述評

本年度的好人好事代表，已於十五日在台北接受表揚大會的獎勵。代表們都有優良的德行，足以示範社會，為人楷模。我國以倫理道德立國，儒家思想更提倡忠孝節義。而聖賢立教每從民間作起，大家咸以效法為榮，以悖逆為恥。因之社會上無形中有一種維繫綱常的法則，互相宣揚，交織成為處世的規律，和公共的道德，今日的表揚好人好事運動，即此的擴展，而在維護優良的社會道德，誠如總統的期望，達到「人人以作好人為榮，行好事為樂」，以鼓舞民氣人心，促使社會邁向康莊大道。

試觀今日西方社會，物質文明已達頂點，相反的，生活秩序卻陷於迷失和混亂，個人主義的注重，精神生活幾無所存，那會想到助人行善之事。正走向工業社會的我國，亦染上西風，舊道德觀念轉趨薄弱，淳美的風氣日形消失，長此下去，豈不和西風一無相異之處，所以要有好人好事的表揚，來振奮大家，提醒天下之人心。

再看毛共匪幫，摧殘人性，毀滅倫理常道，在毛賊的殘暴手段下，視好人為仇讎，視好事為悖逆，沒有家庭，沒有社會，只有人民公社，我們正要以歸仁赴義，促使人心的向背，以人性對獸性，光明勝黑暗，以仁敵暴的方法戰勝敵人。而表揚好人好事恰為最優良的精神武器，因為仁道是人所歡迎的，霸道為人所厭惡的。與毛共的鬥爭，是以文化為前提，以思想為中心，以人心為勝利的樞紐。

雖則每年都有好人好事的表揚，亦不過是代表而已，實則在少數代表後面，還有數不盡的好人，寫不完的好事。但行善並非一定要求酬勞，吾人應有行善不計成果之心，默默的貢獻不更偉大嗎？另一方面，政府應該採取處處發掘好人好事，隨時加以表揚嘉勉。使人心向上，日行一善者日多一日！以達於每個角落，如此，則人群關係必趨和諧，社會進步必臻至善。

二十九、讀「鳴機夜課圖記」後論婦德

舊式社會裏的婦女，專講三從四德，注重婦女無才便是德。身為女子，則甭想一見宇宙之大，在家則閨房是其天地，女紅是其職業；出嫁則以侍奉翁姑，相夫教子為事。到了新式社會，卻一反前風，站在男女平等的立場上，婦女大可拋頭露面，到機關服務，進學府求取知識，做了許多前人所料不到的事。

但是，不論舊式或新式社會，婦女都有應盡的天職，而且直接影響一個家庭的健全與否，她要做先生的良妻，子女的良母。溫柔體貼才能使先生事業順利，慈善和祥才能培育出健壯的幼苗。家庭是社會的基石，有美滿的家庭，才有健全的社會。美滿的家庭從何處來？不消說，靠每一份子的和睦相處，更重要的卻在主婦能否堅守崗位，發揮其優美的婦德，使一家幸福美滿。對在上的父母，和顏悅色、侍奉週全嗎？對先生和氣忍讓、體貼入微嗎？對子女妥善管教，不趨溺愛，也不趨嚴酷嗎？

由於婦女步出廚房，平添了多少社會問題，上班占去了婦女照顧家庭的時間，而遺忘了在辦公室受委屈的先生需要她的甜言安慰；更沒注意到子女幼小的心靈需要慈母給予愛的力量和關懷，一個見不到陽光的家，毛病即將隨時產生，於是離婚之事，少年問題直線上升，這悲劇究竟是誰之過？

因之，不管婦女是否走出廚房，婦德不可因而無存，在男主外、女主內的情況下，事業只是女子的一部分，其應有的本份應在家中，容忍、耐心、溫柔、慈祥乃其最美之處。容忍則大事化小，小事化無；耐心是教養子女的條件；溫柔為敬夫的秘方；慈祥孕育和樂的氣氛。切勿置家庭於不顧，漠視自身重大的責任，做個長舌之人，或成天沈迷自己的享樂，或太注重事業，志在與男子一爭雌雄，錯了，女子最偉大的事業在何處？是在家庭中啊！努力去創建一個美滿的家園，已是最成功、最偉大的婦女了。何必捨近就遠，終其結果仍是一無所得呢！

三十、萬能？萬惡？

「讀書有什麼用處？又不能當飯吃，能賺錢最好啦！」

「有了錢，就能吃好、穿好，更能做一切要做的事。還要什麼學問！」

「本來嘛！人家阿秀才小學畢業，現在還不是每個月賺很多錢。」

天啊！我不敢再多聽，更不敢想像了，我是傻瓜，為何要讀書？去賺很多的錢不更好嗎！淚水掉了下來。不，不，我要讀書！要讀書！無論如何，不能打消從小就立下的心願。

夜深沈，窗外細雨不停的滴在屋簷下，發出「嗒嗒」的單調聲音。聽來令人心煩也心碎，竟叫一顆心像落雨一樣往下沈，午夜三更，卻沒有一絲睡意。在我記憶裏，打從進學校念書至今，沒有人鼓勵我要用功，沒有人關心過我的學業。而只有人叫我不要讀書，告訴我去賺錢最好。總算自己還有一些勇氣，勉勵自己上進。

何時起，又消極無勇了？堅強一點呀！但身處現實的社會，錢是萬能，沒錢萬事休，沒錢寸步難行。錢呀！你是萬能？還是萬惡？你可曾想到世上的人，為了你而產生多少不幸，多少悲劇？

「去找工作啊！高中畢業，求職謀生總可以吧！」

「到台北找個工作，賺點錢，還頂不錯呢！」

「年輕人能到熱鬧的都市去，連我都羨慕，可要常回鄉玩玩。」

眾人的話吵雜著，我只聽到了幾句，乍聽之下倒像關切，細思之，還不是外表的寒暄，徒增感傷。懷著一顆受傷似的心情，步進城市，都市的煩囂，急促，以及長途的搭車，弄得我頭昏眼花，茫然無知。「我到底是北上讀書？亦或找工作賺錢？」內心一陣疑問，誰能聽到？誰能答覆？誰棄我於不顧？叫我成為流浪兒。爸媽呀！為何生我而不育我？使這小生命成為多餘。爸媽呀！為何走得那麼乾脆？可曾想到女兒的無依。走了！走得遠遠的，任憑我呼叫、狂喊、哭泣。

無父何怙？無母何恃？命也！奈何！每一思及，更加悲痛。上天賜給我的溫情，究竟是多少？太短暫了，唉！溫情何處尋？困境，貧窮的困境，媽若不是沒錢醫病，怎忍心丟下我們？爸若不為了省幾個錢，會跟著病魔走嗎？貧窮呀！你真狠心，真毒辣。淚水，無辜的淚水又擠滿了眼眶。

三十一、歲暮與友人書

劉珠：

沒想到寄給您一張賀年卡，並未帶給您快樂，似乎徒增幾分哀愁罷了！「時間在不知不覺中消失，來台北已快四個月了，人生到底有幾個四個月？前塵不堪回首，將來也不敢多想！」我不免要懷疑您變了，變得很消極，是嗎？或許對一個初次離家的人，要上班又要準備參加聯考，難免覺得無所適從，內心茫然。但您那股堅強與樂觀那兒去了？以前您說我愛抱怨，看來您也染上了，怎麼可以呢？為何不能快樂？只要把握時光，晚上還可以唸很多書的，努力吧！提起精神，我不願看您消極，而要看您明年榜上有名。雖然一年已近尾聲，但未來還是長久的，還是充滿著希望，多珍惜幾個「目前」，遠勝追悔過去的一切，您說是不是？就此擱筆並祝

快樂！

淑靜上

十二月二十日

三十二、自述

民國四十年，余生於竹南之鄉間。八歲喪母，童年已滋長一顆多愁善感之心，缺乏母愛之空虛亦無法消除。父親耕田養家，過著刻苦之生活。余在家排行最末，幸有兄姊之關照。父親之撫養，乃能長大成人。十九歲又不幸喪父，打擊之大，甚於喪母，情緒陷於最低潮，繼因聯考北往臺北，經歷過前十幾年所未遭遇之事，更有初次離家之鄉愁，余心灰意冷，幸因時間沖淡往事，今余已學會樂觀，不為小事所困矣。

八歲入鄉間之大埔國校就讀，六年時光令余回味。初入學之無知與膽怯，稍後因功課優良而受寵於老師，繼而惡補加身，天真無邪因而消失，幼小心靈只寄託於如願升初中。初中就讀於竹南中學，雖仍有煩惱與困擾。卻也學會笑鬧，畢業考前夕悠然看電影，傍晚時分，校園內摘鳳凰花，以示惜別。高中如願考入新竹女中，乃為聯考而忙碌之始也。路途遙遠，早出晚歸，但繁忙中仍有校園一角之私語，窗前廊上之笑聲，火車上亦不忘欣賞夕陽西下，海天一色之美景。省竹女者，乃聞名之校，有熱心獻身教育之校長，有誨人不倦之師長，灌輸民族思想，立身處世之道，解答課業上之疑惑。三年易逝，聯考竟不如理想，當此父喪不久，旁人又謂女子何必多讀書之際，肝腸寸斷，無可奈何踏入夜間部，蓋環境使然也。

從小即深愛國語，中學之時即為「剪不斷，理還亂，是離愁？別是一番滋味在心頭。」愁之又愁，為「夕陽無限好，只是近黃昏。」「明月幾時有？把酒問青天。」而低徊讚嘆。讀國文系，乃達成己之願望，中國文學廣大無邊，多少詩詞令人讀之徘徊吟詠，不因時代久遠而失其價值；多少文章歷久而彌新，後人愛不釋手；偉大之四書五經教以倫理道德，欲拯救世界得靠中國以人為主之文化。然大學一年已逝，所學非多，有待往後幾年中，盼能多吸取中國文學之精華。

回顧二十年華，如此之速，能無感慨，然逝者已矣，來者可追，但求今後多加努力，為教育下一代而努力，不枉費父母養育之恩，國家培育之功，庶幾不虛此生矣！

三十三、秋思

浩月當空，西風徐徐，夜已降臨人間，桌前突增幾顆藥物，小病豈與余有緣耶。來北多少日子，所獲何物？幾許鄉思，深夜任憑幻想，美夢任憑編織，惟恐為現實所擾亂。美夢現實可否兩並存，過多夢幻，惟恐抵不住現實之摧殘，猶如溫室小花，豈堪狂風暴雨之打擊。

曾幾何時，童年振翅而飛，晨曦已無露珠陪伴，兒歌唱與誰聽，田野尋得落花生，西瓜，竟忘海灘貝殼可滿盛美夢。因一場電影，迷失歸路，途中猶憶劇中情節，步入昏黑之小路上，膽小細胞竟不忘發揮功能，數聲狗吠，余已魂不附體，待狂奔返家，已雙頰變色。多采之記憶，已不復可得矣？

法雲寺之行，友伴默然，無歡笑亦無歌聲，何其感傷。瑞貞不幸喪生，驚愕與感傷，豈能形容。殘餘骨灰，竟是往日活潑之瑞貞乎，十五年華瞬間消失雲間，天賜才華亦付與流水，從此退下人生舞臺，然生死其間，其意果安在耶？方生方死，方死方生，或死乃生之開始。天才與白痴，孰幸孰不幸，世人眼中，必謂前者無疑，誠如是，誰能道出後者必定不幸？如今彼時歡樂之情景，已隨歲月而淡忘矣。

往事曾記否？多少困惑，多少歡樂與哭泣，回顧已成空，完美之人生，豈易追求，欲來者，勢必來，順其自然乃明智之舉，何須強求，何須感傷，亦何求過多之夢。

三十四、寒假生活散記

適逢假日，余天明即起，漫步於田埂小徑中，輕風徐來，微寒，三兩農人已下田努力耕作，遠山近樹，幾分清新，幾分朦朧，廣泛田野，人口稀疏，獨存宇宙寧靜之一面，余無此鄉居悠閒自得之生活久矣。

年終，四鄰皆粉刷門牆，除舊佈新，春聯一貼，更覺門面煥然一新。嫂殺雞宰鴨，見雞鴨紛紛死於人手，於心不忍，思及佛家不殺生，大有道理，然成佛不易，況吾輩皆凡人也。嫂於忙中呼余下廚作飯，余捲雙袖，衣圍兜，頗有大廚師之風，然良久未有所成，嫂視之曰：「汝年已長，他日結婚將如何？」言畢，莞爾一笑，余則茫然不知所措。

一日午後，心血來潮，挈孩童遊鄰近小山，憶及幼年，與姊上山，行至半途，摔傷足部，因之嘩然大哭，姊乃攙余返家，敗興而歸，而今兒時美景，皆成夢境。至山上，孩童奔騰於竹林山間，迴音響徹耳畔，余則觀覽山間美景，碧竹修林，嫩芽初發，與人清新之感，居高臨下，別具風味，忽憶杜甫詩曰：「會當凌絕頂，一覽眾山小。」暮色蒼茫中，始與童子載歌而返。

忽覺假日盡矣，思及不久即將離鄉，不覺悵然。顧此假期，平靜中小有情趣，亦一樂也。

三十五、春思

夜霧朦朧，輕罩大地。獨對寒窗，愁絲難斷。吾今茲所欲者，生而為男子，一日須飲三百杯，盡嘗飄飄若仙之情趣。然而吾不能，吾乃一女子也。「每日江頭盡醉歸」，個中滋味，苦耶？樂耶？惟杜甫自知耳！

蒼天無語，白雲悠悠，縱是春日楊柳綠，秋風菊花黃，皆無動於衷。何以人有諸多苦惱？春愁黯黯，遊子歸與之嘆，時縈心懷。兒時在母懷嬉戲，盼速長成，已是夢裏雲煙，何時可再，誠永不復得此無憂之日矣。處此繁雜之鬧市中，獨怨不能心遠地自偏。益思田里之淳，鄉居之悠然自得，但羨「行到水窮處，坐看雲起時。」

世人困於無常故苦，人生幾何，譬如朝露，能不迷惘乎？造物者隱操眾生，乃有聖凡之分，賢不肖之別。不然，何以有流芳百世者，亦有與草木同朽者，故孟子曰：「天將降大任於斯人也。」或云命運操之於己，遇驚滔駭浪而能堅強奮鬥者，終不負此生矣，誠如是，吾何為竟日憂戚，亦應振起精神，努力向上，庶幾無愧於所生。

朝看旭日，夕迎素月，光陰逝矣。楊柳再綠，景物依然，而世事變化難料。獨坐空歎，豈智者之舉？少壯一如春陽之可貴，真當努力也，莫讓春光空度過，來日白髮悲少年。

三十六、獨白

被譽之為「新鮮人」，猶如昨日之事，實則遠矣，歲月易得，忽忽二年。所懷萬端，時有所慮，益增悵惘，欲向白雲尋韶光，而白雲悠悠，欲向青天問往事，而青天無語。

余每在「為學與做人」道上摸索求進，而學海無邊，望之興嘆，所得僅滄海之一粟。處世態度，能「寬厚、寡言」乎？能「常思己過，莫論人非」乎？淑女之風度安在哉？余無言以對，「小姐」一詞加之於身，非樂事也，拘束如影隨身，不得暢所欲為。

每憶髫齡，無憂無慮？曾見一株含羞小草，如獲至寶，訝其細葉之含羞低垂，愛其粉紅小花之堅挺玉立。奔放於山間小徑，讓風飄飄而吹衣，影閃閃而投身，野曠似天堂。夜則仰望天河，凝眸而遐思，晶盤高照，月宮美景只能夢裏得。鳳凰花開催成羣幼童各紛飛，自摺朵朵鳳凰蝴蝶花，祝友此去鵬程萬里，乃純潔友情之表徵也。追憶前塵，淚溼青衫矣。

三十七、台陽一瞥

吾睜開雙眸欲觀世界，滿載夢幻與理想，負笈至臺北，繼未完之學業，欲窮人生宇宙之奧秘。

始入校，所見皆新奇，懷陌生及恐懼之心，欲探其究竟。巍巍學府，油然敬仰之，不覺憧憬他日之美景耳。仰觀學友，一卷在手，有大儒之風；適假日，則雙雙出遊，野外踏青，迥異高中生涯，甚訝之。憶昔師長所言大學趣事，乃有所悟也。

閑暇之際，與友漫遊夜景、鬧區、百貨行，先睹為快，驚物之美，惑人之多，幾至眼花撩亂，始信此與吾鄉大異其趣。滿懷求知欲，逛書城而忘歸，信來日必破萬卷之書。興來時至夜闌，猶不欲寢，窗前月照屋梁，樹搖影動，偶聞一、二蟲聲，亦一樂也。

然「入春才七日，離家已兩年。」誠日子逝矣，享盡熱鬧之餘，悵然若失，獨欲曩鄉居，去自去，來自來，空山無人，水流花開之悠閑。顧所逝二載，美名求學，竟於知識道上採得幾莖花草？雄心為之一挫，他鄉遨遊之快，徒為鄉情滿懷苦之矣。

三十八、說自強不息

易乾卦象辭曰：「天行健，君子以自強不息。」蓋天道運行，四時遞嬗，永恆如一，萬物因之滋長。生生不息，春華秋實，自然之現象也。湯之盤銘曰：「苟日新，日日新，又日新。」所以警惕吾人，勉之以日日精進，努力不懈。

自強不息即「行」，行乃中國文化之精神所在，自孔孟至於宋明理學家，皆重力行不息，論語有：「子路有聞，未之能行，唯恐又聞。」中庸有：「或安而行之，或利而行之，或勉強而行之，及其成功，一也。」故知力行乃成功之要素。然行特重持之以恆，苟無恆心，則成事不易，恆之如愚公移山，精衛填海，則成功在望。

人之常情，好逸而惡勞，「苟且」之念存於心，則必玩物喪志，優游卒歲而不自知，或有知之者，而不能行之於事，自無成果可言，王陽明倡「知行合一」，救此之弊，而勉之行也。

處此世事瞬息萬變之日，誠「物競天擇，優勝劣敗」，欲不為世所淘汰，其必「自強不息」也。於人如是，於國亦然，然國之盛繫於全民之努力，故欲國富民康，端賴人人之自強不息矣。

三十九、習與正人居不能毋正說

昔墨子見染絲者，染之蒼則蒼，染之黃則黃，因而有感於人類之不能良莠雜居。故俗謂近朱者赤，近墨者黑，習氣對人之影響亦大已哉，故孟母三遷，良有以也。

夫人與正人居，旦夕所聞皆聖賢之道，所誦皆詩禮之文，所交皆規矩方正之士，久之，不自覺而變化其氣質，翩翩然君子矣。反之，若周旋於眾惡之間，耳之所聞，皆放僻邪侈之言，目之所見，皆穿窬不軌之行，濡染既久，積非成是，所作所為不惡而自惡矣。

人性之初，雖有孟子之主性善，荀子之主性惡，然皆非後日為君子或小人之關鍵也，後天之習於善者為君子，習於惡者為小人，由來漸矣，環境之所造，非本性所能左右也。蔚成風氣，身臨其境而不自覺，故謂居芝蘭之室，久不聞其香，入鮑魚之肆，久不聞其臭，此君子慎於所立也。故孔子謂：「里仁為美，擇不處仁，焉得智。」

蓬生麻中，不扶而直，白沙在涅，與之俱黑，故有志之士，焉能不擇鄰而居，選士而處乎？

四十、「廬山草堂記」讀後

天下事樂莫樂於為物主，苦莫苦於役於物。白樂天以此心境，初見廬山而愛之，若遠行客過故鄉，戀戀不忍去。繼而居之，觀山、聽泉，傍睨竹樹雲石，竟然欣賞不及，沈醉於大自然之美景而不自知矣。故有一宿體寧，再宿心恬，三宿後頹然嗒然，不知其然而然，誠達心凝形釋，與萬化冥合之境界也。

樂天自幼喜山水，草堂之居也，秀麗明媚，景色清絕。且觀其池中有白蓮、白魚。夾澗有古松、老杉，脩柯戛雲，低枝拂潭，雜木異草，蓋覆層岩積石上，綠陰蒙蒙，朱實離離。又有飛泉、瀑布。如此人間仙境，故能外適內和，體寧心恬。必若居易其人。富貴及失不介於懷，乃能為之。

天下名山僧占盡，草堂之勝，在於清泉白石。昔中國淨土開宗祖師慧遠，即居廬山，即如王維之「明月松間照，清泉石上流」，充滿禪理，亦修身養性之佳境也。香山居士以仕為隱，晚慕浮屠，本於山泉水清，去返璞歸真不遠矣，方有閒情逸致，立志隱居終老於斯。

居士之睠(ㄐㄩㄢˋ)念草堂，恰似陶淵明之「眾鳥欣有託，吾亦愛吾廬」，亦有其「採菊東籬下，悠然見南山」之從容自得。閒來或儒書、或佛書、或道書一卷在手，或吟佳詠、伸述雅懷。或若王摩詰「行到水窮處，坐看雲起時」，明心見性。或與湊、滿、朗、晦四禪相攜登險，極林泉之幽邃，放浪於形骸之外，流連不返，陶然忘機。此樂何極？又何他求焉？

四十一、不議人短，不炫己長

子曰：「君子有惡稱人之惡者。」子貢有「惡訐以為直者」，皆不議人短之謂也。人非聖賢，安能無所短，己有所短，如之何議人之短哉。

凡夫之通病，餘暇無事，三兩聚積一處，拋開「閒談莫論人非」一念，海闊天空，專以攻發人之陰私為快，批評人非為是。殊不知禍從口出，有朝一日後患必加其身，蓋言多必失，君不見比比糾紛與不幸，因之產生，不亦由於言之致禍乎。子貢方人，孔子斥之，懼其損人害己也。

昔孔子誇顏淵：「用之則行，舍之則藏。」子路見夫子獨美顏淵，而謂：「子行三軍，則誰與。」此自炫己長，遂遭孔子「暴虎馮河，吾不與」之責。凡夫之人，有小功則伐善施勞，自覺我乃非凡之輩，何嘗思及謙虛者，美德也，而好矜其長者，徒見其鄙薄耳。

炫己長者，欲其進德修業，圓融通達也難矣，子曰：「不患人之不己知，患其不能也。」炫己之長，猶之驕矜自滿，驕則敗，龜兔賽跑，足證是言也。

人之常情，為人誇則喜，遭人謗則憂，若能以己之心，為他人忖度之，則何議人短之有？或有以議人短為炫己長之法，其愚昧也大矣。孔子曰：「君子泰而不驕，小人驕而不泰。」諺曰：「學者如禾如稻，不學者如蒿如草。」其不議人短，不炫己長之喻也，君子為之，益見修身養性之功；小人為之，多見其不自量也。

四十二、學然後知不足

莊子有言：「吾生也有涯，而知也無涯，以有涯隨無涯，殆矣。」學海無涯，使吾人窮一生之心力於其間，亦難窺其萬一。荀子曰：「不登高山，不知天之高也；不臨深谿，不知地之厚也；不聞先生之遺言，不知學問之大也。」孔子登東山而小魯，登泰山而小天下；杜甫云：「會當凌絕頂，一覽眾山小。」古之賢者，有皓首以通一經猶恐不得；今之名曰「博士」，亦僅研究專一之學問，而無暇他顧。中才以下，復何言哉；學海無涯可知矣。

宇宙之奧妙不可窮盡，自有生民以來，人類悠久之歷史文化，皆學此心力之結晶。不學夫古，則先哲之嘉言懿行，所以啟我智慧者，無聞焉；歷史之興亡成敗，所以為我殷鑑者，莫覩焉。不學夫今，則科學文物之盛，茫然不知；山川形勝，時政得失，懵然罔覺。

至聖先師孔子且謂：「加我數年，五十以學易，可以無大過矣。」今之學問，上至天文地理，乃至科學物理，哲學玄學，不勝枚舉，苟無充實之學識，何以適應此亙古以來變動非常之世界。

不觀乎滄海，不知池潢之淺也；不登乎岱華，不知丘陵之低也；為學亦然，不學又安知學問之不足耶。世人或有沈於以管窺天，以蠡測海而不知者，不亦悲哉，坐井觀天之蛙，如之何知天地之大耶，學記謂：「學然後知不足，教然後知困。」學之則易知己之所短，教之則知己之所未達。故孔子曰：「吾嘗終日不食，終夜不寢，以思，無益，不如學也。」又曰：「逝者如斯夫，不舍晝夜。」天地之運育萬物，無一息之停，子欲學者時時省察而無毫髮之間斷也，君子法之，當自強不息也。

際此知識爆炸時代，吾輩面臨此空前未有之劇變，學之猶懼其不足，而能不學乎？欲有以自立，則必力學不倦，精益求精，進步不已，乃能達於至善。

四十三、辭達而已

子曰：「辭達而已矣。」又曰：「言以足志，文以足言。」治文章之要件為「足志立誠，有章有序」，所以求其內容之實在，及務其外形之完美也，必如此，始可達意行遠。夫文章者，表情達意之事也，朱注「辭達而已矣」曰：「辭取達意而止，不以富麗為工。」故知前二要素，足志立誠重於有章有序也。

觀夫古之文章，駢散爭相競短。駢文以優美纖巧，穠麗工整為本，而散文則以淳樸疏暢，清新自然為主。然駢文僅於魏晉南北朝一放光彩，乃亂世超現實之美文，專事用典對仗協韻。若散文則本左傳，史記之言簡意賅，至韓愈倡「文以載道」，一變而為文章主流，歷久不衰。蘇東坡為文如行雲流水隨心所欲；歐陽修文造語平易，情韻緜邈，風神高妙，皆不假雕琢也。晚近四十年之語體文，純粹以言語入文，「我筆寫我口」，意在直接表達，有思想情節而已，何須雕縟成章。

賦雖為漢之文章主流，然今已成時人眼中之字典，何則？蓋其皆當世之誇張功績，鋪采摛文，淫麗煩濫，堆砌文字，缺乏內容所致。詩詞則於今眾口傳，特其乃社會百態之反應，有其精神價值。陶淵明之「採菊東籬下，悠然見南山。」平淡數字，未見出奇，然詩中顯示人若菊花之高超，如南山之平靜，明矣。謝靈運詩重雕琢，其客觀描寫山水，有傷醇厚。李白詩更自由豪放，譽為「詩仙」，不假虛詞，其「君不見黃河之水天上來，奔流到海不復還。」不可羈勒。王維之「渡頭餘落日，墟里上孤煙。」詩中有畫，豈待修飾。顧敻詞：「換我心為你心，始知相憶深。」相思之心境已見。

　　夫文章以述志為本，子曰：「修辭立其誠。」辭采乃文章之表，無內容無思想之美文，若舜英徒豔，繁采寡情，味之必厭。文意如人之品德人格，文辭如人之外表貌美，人之徒有相貌而無德性，其何如哉？故必先理正而後摛藻，使文不減質，然後彬彬君子矣。文章千古事，得失寸心知，子曰：「辭達而已。」能不重視乎？

四十四、感恩心，感動情

加入慈濟教聯會的活動三年，我拿到一張結業證書，很特殊的結業證書，就是上人的「授證」，成為第一屆教聯會的種子老師。想到教聯會那麼多的資深老師，我好像快了點，令我感到欣喜，也感到惶恐，但結業並不是結束，而是承擔責任，努力工作的開始，要做到「以佛心為己心，以師志為己志。」我會努力的，因為上人說：「願有多大，力就有多大。」回想民國八十六年，以一個新鮮人進入慈濟世界，什麼都不懂，很感恩黃尚煃老師的栽培，不斷的讓我成長，也感恩家人的配合與支持，尤其是我同修，每次都讓我安心的去參加活動。這一年來，經過五次的培訓而授證，得來不易，因為有一次是抱病參加，兩次是向學校請假的，所以我很珍惜。

參加慈濟活動，每次都有不同的感動。三次在花蓮的靜思語教學研習，一次慈濟醫院教師志工營，還有其他一日半日的活動，每次都帶給我不一樣的成長。如「靜思語」教學，讓我能真正把它落實在學校裡，八十八年開始，我在校內做全校的「靜思語」教學，就是每星期利用一天升旗時間作一句好話教學。在教師志工營中體會到生命的無常，平安就是福，以及付出、幫助人的快樂。二月十七日到十九日，參加學佛營，很有福報的，宣師父送我們「心蓮萬蕊—慈濟影像三十年」這本書，回到家，我就迫不及待的把裡面的圖片瀏覽一遍，想到上人在「成立克難慈濟功德會」時，我在做什麼？上人在建立慈濟醫院時遭遇多少艱辛，我又在做什麼？想想真覺得慚愧，雖然沒能趕上當時出錢出力，現在我已進入慈濟世界，我會加倍努力的。慈濟的四大志業、八大法印，雖然在培訓時都已上過課了，但再看一次圖片，又有不同的感動。

學佛營中，宣師父說早期精舍的常住師父們，刻苦生活的情形，借地來種菜，玉米收成，整個月吃玉米，吃得大家皮膚都很好。地瓜收成，每人每天一盆地瓜，五毛錢的豆腐、醃鹽巴，醃得鹹鹹的，可配飯一星期，窮困到只差沒有撿海邊的石頭來配飯。上人在鹿野兩星期沒吃白米飯，只吃撿來的花生過日子，聽得令我們敬佩，也覺心疼。謝景貴師兄講國際賑災，世上竟有那麼多苦難的眾生，蘇丹一百二十萬人飢荒，北朝鮮餓死一百萬人，宏都拉斯人在山上偷水塔的水，自來水公司和警察卻出來禁止，不准他們用水，景貴師兄說在科索沃賑災回來之後，只想蒙著棉被大睡一覺，但災難並不因此而消失，一聲聲「把這個孩子送給你們，把這個孩子送給你們。」（骨瘦如柴）讓我們熱淚盈眶。我們能不惜福嗎？

再看看國內九二一大地震後，上人認養了五十所學校，上人都不敢去想像龐大經費從何而來，但為了讓那些學生有學校可唸書，還是要去做。「做就對了」，親愛的老師們，上人對老師的期望最高，希望我們也盡一分力量，去做關懷，我們苗栗認養的學校是東勢國中。目前的「靜思語」教學，海外慈濟人都有回來取經的，再到僑居地去推展，身在台灣的我們更不能懈怠。美加的中學已把慈濟文化列入教材，政大已開慈濟精神的課程，我們能不加點油在校內推展「靜思語」嗎？「靜思」就是「青山無所爭，福田用心耕。」希望大家共同來努力，感恩大家。

四十五、知福、惜福、再造福

現今世界上有兩億五千萬個五到十四歲的孩童輟學做工，他們吃不飽、生活困苦。全世界每天有兩萬四千人因飢餓而死亡。

現在的青年學生，因生長在富裕的台灣，習慣了享受，吃東西講求口味。在學校讀書，飲料當白開水喝，中午訂的便當，不合口味或吃不下就倒掉。但是吃不完便當，大多是因為上午二、三節下課還在吃早餐或零食，到中午才吃不下飯。

國中同學都讀過陳之藩的「謝天」這篇文章，陳之藩說他小時候吃飯，祖母總是對他說：「感謝老天爺賞我們飯吃，記住，飯碗裡一粒米都不許剩，要是糟蹋糧食，老天爺就不給咱們飯吃了。」這老天爺是代表社會上大多數堅守崗位，努力工作的人。可見我們吃一頓飯都要感謝社會上默默付出的人，又怎能浪費呢？

台灣是寶島，但是八十八年一場九二一大地震，就令多少人無家可歸，三餐不繼。多少學校倒塌了，學生沒有教室可上課。八十九年十月汐止的水災，令多少人家財泡湯了。人生無常，當我們有福可享時，請同學們惜福，而不要折福。因為「享福了福，福盡悲來。」況且「有時當思無時苦。」「晴天要積雨來糧。」現在我們人類居住在「地球村」上，就是人與人之間，國與國之間關係密切。但是世上苦難的人卻是這麼多：

蘇丹鬧飢荒，因天候不良，農作物欠收，加上人為的戰爭，糧食不足，營養不良，骨瘦如柴的孩子，必須以樹幹支撐身體，才能站起來。

北韓鬧飢荒，四、五年當中餓死一百萬人，育幼院的孩子吃咖啡色的飯，就是「草粥」，是白米加替代食物煮成的稀飯。替代食物是由樹葉、草根、玉米梗等磨成的粉。

厄瓜多爾十三歲的女孩，在建築工地搬運水泥磚塊。

玻利維亞六、七歲的小女孩，就要去幫人家擦皮鞋賺錢。

哥倫比亞的青少年去當礦工，在礦坑裡面，一天工作十小時以上，才能求得溫飽，他們沒有錢進學校讀書。

高棉七歲的小男孩就去賣香煙以補貼家用。

同學們，當你想到這些苦難的人，或者是你的外國親戚朋友有這樣的情況，你還忍心糟蹋糧食，麵包吃一半就丟掉，飲料喝一半也丟掉，便當的菜不合口味就不吃嗎？希望同學能「知福、惜福、再造福。」節省不必要的浪費，還能愛惜身邊物，有能力時，多去幫助需要幫助的人，為自己積一些福德。

四十六、成功是優點的發揮，失敗是缺點的累積

（恭錄證嚴法師靜思語）

我們都聽過龜兔賽跑的故事，烏龜雖然爬得慢，但牠充分發揮自己堅定不移，始終如一的優點，努力踏實地往前爬，最後終於成功了；而兔子的失敗，卻正是牠的缺點—驕傲所造成。

從前法國有一個美術家，名叫巴律西，他想改良瓷器光彩，試驗了十年，家產都花光了，還是沒有什麼成果，但是巴律西一點也不灰心，他又在自己的院子裡建了一座窯，一切事情都自己去做，並且日夜守在窯旁邊燒柴火，這樣過了兩三天，他那散亂的頭髮，骯髒的衣服，看起來很像一個乞丐，又過了三、四天，窯裡的火力更強了，溫度更高了，瓷器也發出光彩，眼看就要成功了，可是木

柴卻燒光了，巴西律急急忙忙的把住家周圍的籬笆拔下來當柴燒，籬笆燒完了，他又拿家裡的桌椅去燒，桌椅燒完了，又拿木床去燒，木床燒完了，就拆門板去燒，把家裡能燒的東西都燒光了。他的太太以為他瘋了，急得大哭大叫，鄰居聽見了，都跑過來看，大家正驚訝的時候，巴西律卻跳起來：「我的試驗成功了。」他的成功是靠堅定毅力和信心的優點達成的。

張小明是不肯讀書寫字的孩子，每天東遊西盪，有一天他跑到草地上玩泥巴，聽到泥土裡有兩顆種子在談話：「春天到了，我要努力生長，我要出人頭地，我的根莖要往下生長，葉子要伸出地面隨風搖動，也讓陽光照耀，更希望雨水來滋潤我，讓我快快長大，長得又高又大，然後開花結果。」說完，就努力向上生長，不斷努力地生長。第二顆種子說：「我還沒睡飽呢！不想起來，我向下紮根時，也許會碰到好硬好硬的石頭，如果我用力往上鑽，可能會傷到我脆弱的莖和葉子，如果我長出嫩芽，可能會被蝸牛吃掉，如果開花結果，可能會被小孩連根拔掉，我還是繼續再睡覺！」

過了幾天，張小明又到草地上玩，這時遠處跑來了一隻母雞，他東啄啄，西啄啄的，到處找東西吃，這顆懶惰的種子竟然一下子被母雞吞進肚子裡去了。張小明看得呆住了，心裡想著：「這下子，這顆懶惰的種子，不就永遠不能成長了嗎？」張小明嚇了一跳，心想，不努力是會遭淘汰的，做事情要成功，是要發揮堅忍不拔的毅力勇氣；如果累積了怠惰偷安的缺點，是會失敗的。他趕快回家背起書包到學校，他已知道他該發揮自己的長處，讓自己達到成功目標。

各位同學，迎接新學期，你要努力讓自己成功，還是懶惰讓自己失敗呢？

四十七、談素食

素食，不吃葷，為我國佛教界的傳統美德與優良特性。其目的何在呢？在「戒殺、護生」，因不食肉，才不致殺生，故佛曰：「應多護生，不可殺生。」更在「長養慈悲心」，佛是大慈大悲的智者、覺者，見一切生命都在受苦，為人所殺，所以要憐憫，愛護他們，而不加以殘殺。欲達此目的，則需從吃素做起。

有情識的眾生，都有喜生惡死的意念，如受到傷害或死亡，會引起恐怖、苦痛、怨恨等敵對的行為，由被殺而積怨，激發報復心理。願雲禪師謂：「千百年來碗裏羹，冤深如海恨難平，欲知世上刀兵劫，但聽屠門夜半聲。」眾生在三世因果報應下，帶業於六道中（天、人、阿修羅、畜牲、餓鬼、地獄。）輪迴不已，互相爭殺殘食，不得安寧。楞嚴經曰：「以人食羊，羊死為人，人死為羊；如果乃至十生之類，死死生生，互來相啖，惡業俱生，窮未來際。」如此生死輪迴，寃恨難消，永無盡期，實在太苦了。故五戒中第一戒即「戒殺」，一切戒行或道德的行為，都以此為根源，戒殺才能阻止做惡事，由止惡才能做善事，進一步再求做到「諸惡莫作，眾善奉行。」

佛曰：「凡殺生者，多為人食，人若不食，亦不殺生。」素食，可使很多人不作屠殺的獸性行為，養成慈悲博愛之心。人人戒殺吃素，則家習慈善，民敦禮厚，風俗淳美，時和年豐，何有彼此相戕之事件？試看由殺種種動物，造成心地兇惡殘忍，繼之產生人與人互相殘殺，國與國發動戰爭，而食肉之惡習難改，亂世飢荒且有「易子而食」之事，人世間的慘痛，有甚於此的嗎？佛言：「一切眾生從無始以來，在生死中，輪迴不已，靡不曾作父母兄弟，男女眷屬，乃至朋友親愛侍使，易生而受鳥獸等身，云何於中取之而食。」由食肉所演出的悲劇，太悽慘了，古德謂：「欲得世間無兵劫，除非眾生不食肉。」慨然之言也。

易經云：「天地之大德曰生。」上天有好生之德，自古而然。儒家重視仁愛，孟子曰：「親親而仁民，仁民而愛物。」仁愛所施，可由人類而達於萬物。禮記曰：「天子無故不殺牛，大夫無故不殺羊，士庶無故不殺犬豕。」絕不縱口腹之欲而輕戕性命。推其仁愛之極則是：「萬物並育而不相害。」其理想之境界可見。

孟子曰：「君子之於禽獸也，見其生，不忍見其死，聞其聲，不忍食其肉。」不容否認，人皆有仁慈之心。白居易詩：「誰道群生性命微，一般骨肉一般皮，勸君莫打枝頭鳥，子在巢中望母歸。」一切動物，皆各愛其子，豈能僅愛己之子而殺害他類之子。陸放翁詩：「血肉淋漓味定珍，一般痛苦怨難伸，設身處地捫心想，誰肯將刀割自身。」人是萬物之靈，能將自己的快樂，建築於動物痛苦的身上嗎？蘇軾詩：「秋來霜露滿東園，蘆菔生兒芥有孤，我與何曾同一飽，不知何苦食雞豚」。秋天霜露既降，蘿蔔與芥菜格外繁殖，已夠東坡快樂享用；而晉何曾日用萬錢，卻食不知其味，同一飽腹，何須圖口腹之欲而花錢造業？惻隱之心，人皆有之，實應由少吃肉而多多培養慈悲心。

以醫學觀點，素食更有其價值與功用。一般人的解說，以為講究營養，注重身體者，都應食肉類，甚至視不吃肉為不能生存。於是富人每餐不離山珍海味，窮人逢年過節亦可大快朵頤，誠所謂：「每逢佳節倍殺生」也，何其殘忍與愚痴！殊不知肉類中所含的營養，仍根源於植物，穀類、豆類、蔬菜、水果中的澱粉、蛋白質、醣類、礦物質、維他命等，已足夠人類所須；且物美價廉合乎經濟原則，光是豆類就含有極高的蛋白質營養素，故　國父說：「豆腐是沒有骨頭的肉。」

人非天生食肉的，奧文爵士謂：「人猿和獼猴等的食物，得自果品、穀類和其他多汁植物。人類的構造和猿猴很相近，足證吃素為人類天性。」素食還能使身體富活力及持久力，如近來在德國舉行的單車比賽，前幾名都是素食的，希臘參加奧林匹克世運而獲勝的運動員，平時只吃些無花果、乾果、乳酪和玉蜀黍，可為證明。

許多疾病，來自食肉。奧菲德博士謂：「肉類是不自然的食物，所以趨向於造成人體功能紊亂。在今日文明社會中，從肉類所得傳佈的可怕疾病，如癌症、結核病、熱病、蛔蟲等，已很廣泛。無可置疑，人類疾病的百分之九十九是從吃肉而來。」曾在一宴會上，一位太太只要了一盤蔬菜，座旁一陌生男子面前亦是一盤蔬菜，隨後男子問道：「請問太太是素食家嗎？」婦人回答：「正是，先生亦是嗎？」那人謂：「不是，我是肉類檢查員。」動物身上含種種微生蟲與寄生蟲，且與人類一樣，會患各種疾病，活著時，自然將體內廢物排出，但一經牽制，則停止排泄，廢物卻繼續分泌一段時間，存機體內，如牛肉中的尿酸即是明顯的廢物，人吃肉就將之帶入己身，而細胞浸於其中，新陳代謝的功能就會退化而衰弱，使人易於昏沉、疲勞、衰老及生病。

肉類中之病毒太可怕，人們區區之腹，竟為多少動物的葬身地，產生種種可悲的後果，歐美近代文明之盛，其來有自。故佛曰：「夫肉食者，諸天遠離，口氣常臭，增長疾病，易生瘡癬。」國父說：「素食為延年益壽之妙術。」良有以也。

從各方面看來，護生、素食，都含高深的哲理和價值，是自利利他兼具的。可使身體健康長壽，腦力敏捷，富活力及持久力；更可因不殺生而性情溫和，心地慈悲善良。

或有人要問，植物也有生命，佛教界為何厚彼薄此，慈悲不食動物而專吃植物？應知此乃不得已之事，人是六道中的凡夫，欲達不生不滅的成佛境界，再倒駕慈航，普度眾生，則須藉此身來修道。而植物是器世間無情識的生物，受傷害時，僅有物理反應，無心識作用，不會產生仇恨心理，故暫食之。然於修道上，財色名食睡，為地獄五條根，導引人走入地獄受苦受難，「貪食」正是其中之一，多吃總是有害無益，故佛曰：「比丘，受諸飲食，當如服藥，於好於惡，勿生增減，趣得之身，以除飢渴。」有些高僧一日一食，或數日一食，乃至斷食、絕食，更高妙的如天界多以禪悅為食，即在減少由「食」而造業，自得苦果也。

為文至此，不禁懷念齋戒學會、佛學講座等在寺院中的日子，雖是素食淡飯，卻掩不住菜根香，食之倍覺無限乾淨與舒適。初學佛者，若不能立刻斷食肉類，可食三淨肉—不見為我所殺，不聞為我所殺，不有為我所殺之疑念者，漸漸減少食肉，再進行素食。更要記著素食最高超的意義是在戒殺護生、長養慈悲心。齋戒學會中，師父在鼓勵持長齋時曾說：「各位同學今已了解素食的重要性，而不吃素，怎能長養慈悲心。」佛曰：「夫食肉者，斷大慈種。」每思及此，想到自己未能持長齋，豈能不慚愧萬分，為何沒有勇氣克服習氣及種種障礙？但願有一天，機緣成熟，大發慈悲心，你我都成為素食者。

四十八、佛教勝地──佛光山

有水不得無山，古謂：「仁者樂山，智者樂水。」吾輩則仁智兼具。民國六十四年三月二十五日下午，我們的畢業旅行告別了一湖碧水，明亮如大地之眼的大貝湖，前往佛光山。沿途，南臺灣三穫稻子已綠得可愛。車上娛樂節目，軍官拒絕小姐的情書曰：「漂亮多多，美麗有有，愛我沒進步。」新任校長超標準的國語：「各位老鼠（老師），各位拖鞋（同學）我是新來的跳蚤（校長），請大家多多死掉（指教）。」笑料百出。漸漸上山，鳳梨園、荔枝園及無數蜿蜒的小山，點綴得景緻更宜人，夕陽斜照，令人陶醉。我則二度上山，倍感興奮，心胸特別開朗。

黃昏時刻，已達勝地，彌勒佛坐迎於門口，「大肚能容，了卻人間多少事，滿腔歡喜，笑開天下古今愁。」此聯是彌勒佛給我的印象，含藏著多少高深哲理。不二門，觀音放生池及大大小小宏偉壯麗的建築，矗立於一片青山中，蓊鬱的叢林後面，隱藏著金碧輝煌的殿宇，巍峨莊嚴。

「山徑小橋香雲集，會館深居佛光中。」上了朝山會館，放下行李吸一口新鮮的空氣，多麼舒暢，晚餐是素食，美味可口，絕不遜於葷食。素食乃佛門中的特色，其目的在培養慈悲心，減少罪惡，因食葷必殺生造業，況以今日醫學觀點言之，素食更可減少疾病，且有駐顏，清新腦筋之功，同學不妨試試看。

夜裏，置身靈山秀氣，軒昂非凡，明月當空，清靜幽美的仙境中，足可洗滌都市的塵垢、世俗的汙穢，內心無限清涼。「雲擁千峰獨山居，清燈深夜照我顏，心灰已絕紅塵夢，誰信人間有此間。」啊！如此雄偉清淨的佛教道場。

星雲大法師為弘揚佛法，利益眾生，而創辦此寺院，除了各種文化、教育、慈善等事業外，還有夏令營、佛學講座、朝山團、傳戒法會等不定期活動，無一不是為眾生聽聞佛法，離苦得樂而設立，其慈悲之心可見。

與幾位同學參加了他們的晚課，大悲殿上，瞻仰觀世音菩薩及萬佛像，莊嚴神聖，佛陀偉大的救世精神，倍覺於心中。自感身為佛弟子，未能所作皆辦，具諸佛法，慚愧萬分。誦經、拜佛後，返回寢室，一夜安睡。翌晨五時，參加早課，天未亮來到大殿，及早課結束，已晨曦東升，使人有由黑暗至光明之感，願佛法引導我們走入光明之途。

用過早齋，同學們照相留影後，揮一揮衣袖，不帶走一片雲彩，告別了佛光山，又踏上我們新的旅程。與去年上山一樣，只留宿一夜，匆匆而去，不禁感觸良多。「無邊世界佛無盡，不讀經書那得通？」願有機緣能再回來，沐浴於佛法中，也願愛好此環境及佛學的同學，有再度登臨此山的機會。

四十九、點點滴滴在心頭

民國六十三年大專暑期明倫講座散記

發完成績單，放走了小學生，提起行李，搭上開往臺中的火車。緊張的期末考、煩人的小學代課，及一切的塵勞，都可暫時拋開了。下午兩點半抵達明倫社，首先映入眼簾的是莊嚴的「佛教蓮社」，及學長們迎接的海報：「同學們，辛苦了，也該是放下的時刻了。」旅途的疲勞，竟被此一振奮劑驅逐得無影無蹤。辦好報到手續，進入即將住三個星期的般若寺，休息片刻後，再回蓮社用晚餐。

平生第一次在葡萄棚下吃飯，真新鮮，高興得如城裏姑娘發現一朵小野花。抬頭望著黃紫參雜的纍纍果實，不禁想起王熙元老師的一篇散文—「葡萄成熟時」。文中有一段「……和劉排長扛著一個二十多斤的枕頭型大西瓜，作為拜訪西湖鄉葡萄園主人的微禮。那夜在葡萄園中，享受著『天上明月光，盤中菜根香』的樂趣。有古人『把酒話桑痲』的情調，及『何似在人間』之感，因而渾然忘我了……。」而當晚我們在小葡萄棚下，吃的是齋飯，雖未忘我，卻滿懷希望，不禁默默期許：「但願能好好把握這二十一天。」

第一天上課，先舉行開學典禮，有李炳南老師等的開示及致詞，勉勵大家認真學習，切勿存著遊玩的心理。這時我腦中又浮起徐學員在前一晚齋飯後所說的：「諸位要戰戰兢兢，如臨深淵，如履薄冰，不要有片刻的鬆懈。」深覺法緣殊勝，入寶山當有所得。

從般若寺到蓮社，步行要一刻鐘，清晨出門，迎著朝陽，聆聽鳥語，欣賞路旁婀娜多姿的鳳凰木，尤其是那萬綠叢中一點紅的小花，可愛極了。夜晚漫步而歸，清風徐來，月色當空。一路上看到宵夜攤上，水果店裏忙碌的情景，為這純樸、美麗的臺中增添了幾許生動的色彩。雖然每天上九堂課，但一路以輕鬆的心情來欣賞景色，也就不覺得累了。

六門功課都是李老師精選排定的。「十四講表」，「八大人覺經」是佛學概論，可以起信。性宗有「心經」，相宗有「唯識」，是屬於解的課程。行門則有「彌陀經」的自行，及「普賢行願品」的化他。信、解、行三面俱全，作為修證的基礎，吾師真用心良苦啊！十幾天來，上課的興趣漸入高潮，考試也隨著而來，先是默寫「心經」及「八大人覺經」，然後又是寫報告，考其他科目，使得每位同學精進異常。

七月二十二日，講堂前面增設了一尊「至聖先師」像，與佛像並立，象徵儒學、佛理不相悖。原來當天是我們的拜師典禮，典禮在莊嚴、隆重的儀式中進行，先向佛三頂禮，再向老師三頂禮，同學們個個至誠懇切，「誠於中，形於外」。接著老師開示，懷著無比興奮的心情，將希望寄託於吾輩青年，語重心長，令人感動得想哭。繼之學員長奉上贄儀（束脩），老師贈送每位同學一份紀念品，再「三頂禮」後禮成。

兩年前皈依三寶，成為佛教徒，師父勉之發菩提心，自度度他。而今又拜李老師為儒門之師，我生何其幸也！但願今後能「如初發心，恒常精進。」記住老師的話，做一個真正的佛教徒，更要做一位服務社會的好國民。

講座漸近尾聲，趁空閒時，遨遊興大。楊柳依依，一池游魚，夕陽斜照，微雨輕飄，這就是興大的勝景—魚池。浮萍下，魚兒來去自如，想起書桌前那張「樂在其中」的雙魚圖，它們快樂嗎？不得而知。要是莊子與惠施在場，我就可聽他們辯論一番了。椰林道上，古木參天，蒼勁中帶著柔美。水果園裏，香蕉初長，翠綠的一片與天上的彩虹相映成趣。走呀走的，覺得寬闊的校園，有「大方廣」的意味。

「聖賢百二廬山峰，東林開淨宗，接統靈岩十三葉，蓮花一瓣分臺中。」為期三週的講座，在平靜而略帶緊張的氣氛中圓滿結束了。諸位老師的熱心教導，及諸學長的關懷，使我們內心充實許多。臨別時，李老師贈言：「勤修淨土法門，續佛慧命。」多少期望，多少鼓勵，盡在不言中。

最後一天舉辦康樂活動，是遊覽臺中、南投。重遊八卦山，小學五年級時是稚子童心，而今髫齡不再，且對佛學有初步的認識，當老師領著同學們，頂禮大佛時，內心充滿激動，真欣幸自己不再像一般觀光客以好玩的心情來瞻仰佛像了。

順路到「十八層地獄」，陰森恐怖，見之毛骨悚然，若非同學眾多，我一定嚇壞了。生前所做的壞事，到此一一算賬、受罰，果報絲毫不爽。此雖是道教所講的地獄，但仍離不開佛教的「善有善報，惡有惡報」的道理。奉勸世人，壞事是做不得的。

來到懺公法師首次辦齋戒學會的地方─碧山岩，景色宜人，山光林影，盡收眼底，且令人有高高在上之感，與新竹清泉寺那種「山在虛無飄渺間」的意味迥然不同。

霧峰佈教所，無邊菩提樹，幽雅的環境，使人陶醉。慈音安老所，一見舍利子，恆河沙數，可說大開眼界了。佛法不可思議，只要老實修行，圓寂後，火焚之，便可燒出科學所無法解釋的舍利子。

最後一站到了台灣省議會，娛興節目中，動作表演「見到鬼！」「在那兒？」五條好漢那種手擺腳舉的姿態，及面部生動的表情，真令人笑彎了腰。李學長三請師姑唱歌，一句：「不要怕！不要怕！快來唱。」大家也鼓掌歡迎，如哄小孩。

在慈光托兒所，與老師共餐後，搭車返回蓮社，一路上，最吸引人的是龍眼樹上那些又大又圓的果實，令人有「欲上樹端摘桂圓」的念頭。遊覽車裏一首三寶歌「信受勤奉行」，唱出我們的心聲。句句「阿彌陀佛」平靜了我們的心湖。

今夜，細雨濛濛窗外落，金風細細鬢邊吹。暑假裏，往臺中參加佛學講座的生活情景，歷歷如繪，特提筆記之，以為恆久的紀念。

第二部分

詩、詞、曲

一、詩選

（汪中教授指導）

寒夜

亂髮因風拂　思緒盪心湖　忽聞談笑聲
遊子少歡愉　憶昔敘天倫　何堪今宵孤

溪上

群雁自南來　影落碧溪中　牧童逐流水
橋畔浴春風　遙望村前山　奄忽落霞紅

懷友人

晶盤溢皎潔　桂花半掩羞　良夜獨徘徊
思君恨悠悠　千里遠別離　奄忽不能留
深情莫得寄　感此不勝愁

有寄

桑梓重逢話寸衷　閒愁似水欲傾空
無端春日飄蓬過　擬寄深情款款風

寒食

東風帶雨猶蕭瑟　寒食飛花欲暮春
禁火遊人撩古意　鶯聲處處卻迎新

蟲聲

花間唧唧暗傳聲　散入東風客思驚
獨坐傾聽疑是夢　春愁黯黯故鄉情

春遊

時節初逢物候新　雲霞似錦草如茵
青春結伴登禪寺　碧水潺流滌俗塵
古木陰森稀納履　深山幽寂妙藏身
鳥鳴處處娛心性　鐘磬聲聲喻法真

註：初春與窗友遊三峽承天禪寺，有感古木無人徑，深山何處鐘，山光悅鳥性，潭影空人心。因作七律一首。

◎杜審言和晉陵陸丞早春遊望：偏驚物候新。

◎謝眺晚登三山還望京邑：餘霞散成綺。

◎杜甫聞官軍收河南河北：青春作伴好還鄉。

二、詞選

（聞汝賢教授指導）

憶江南（懷鄉）

更深夜　獨倚望江樓
明月穿花風弄影
行雲無意載離愁　何恨少年遊

漁歌子（思友人）

明月窗前照我容　秋風吹起憶君濃
離別易　幾時逢　何堪兩地夢魂同

浣溪沙（訪慈航法師）

雲淡風輕柳絮飛　春遊攜手訪慈師
登高眺望神情怡　虔拜芳心思仰慕
金剛不壞世塵稀　真如悟道仰慈悲

漁歌子（春思）

寒夜風聲又雨絲　樓台花落憶情癡
臨此境　起相思　漂流湖海各東西

憶江南（書味夜燈知）

寒窗下　書裡仰先賢
瘦影搖搖燈火夜
飄零含恨可堪憐　相看兩無言

天淨沙（春夜）

玉樓斜月笛聲
綺窗更漏殘燈
翠袖寒衾(ㄑㄣ)夢影
夜長人靜
花無語任飄零

天淨沙（清明）

深山曲徑荒村
飄花散雨行人
纍塚爐香　祭品
舊仇新恨
春歸處綠新墳

三、曲選

（王熙元教授指導）

叨叨令（**山中雜感**）

雲山幽徑花含笑
香風送爽春陽照
仙音梵唱藏高妙
情舒意遠求真道
你省的也麼哥
你省的也麼哥
煞強如無端苦被功名懊

太常引（閒情）

青雲白鶴任翱翔
自在共誰嚐
籬下桂花香
興來也題詩飲觴
煙波垂釣
漁樵閒話
應笑我癡狂
香徑翠微旁
醉臥在斜陽夢鄉

附錄一

易經

（傅隸僕教授指導）

一、乾卦對人生事業之啟示

子曰：「加我數年，五十以學易，可以無大過矣！」學易，則明乎吉凶消長之理，進退存亡之道，故可以無大過。孔子讀易，韋編三絕，足見易經哲理之高深奧妙，且看乾卦對人生事業之啟示。

乾卦旨在示人以創業之道，教人效法天的自強不息，故曰：「天行健，君子以自強不息。」六爻正指示人生事業的六個階段。初九曰：『潛龍勿用。』人生之開始，才德未備，有大志的人，須努力充實自己，不急於顯現才華，有「人不知而不慍」的胸襟，本著大智若愚，大勇若怯的道理，如龍之伏於地，子曰：『吾十有五而志於學。』就是此階段。待學有所成，德有所長之後，出而服務社會，發揮才德盡在此刻，運用智慧，和以待人，敬以處事，必能學而優則仕。』孔子三十而立，都與此時不謀而合。

得眾人之愛戴與信任，故九二謂『見龍在田，利見大人。』子夏曰：『學而優則仕。』孔子三十而立，都與此時不謀而合。

語云：『滿招損，謙受益。』當為人處世小有成就，敬愛加身，卻勿趾高氣揚，自鳴得意。為君之道，此刻應『終日乾乾，夕惕若厲。』才不致阻礙事業的發展。湯之盤銘曰：『苟日新，日日新，又日新。』其求進之精神如此。事逢小成，須『如臨深淵，如履薄冰。』戒慎恐懼之心不可無。以期百尺竿頭更進一步，謀成天地間第一等事，取法天行健而自強不息，不因困難而改變志行。九四曰：『或躍在淵，無咎。』成則處尊高之地位，敗則萬劫不復，有大抱負的人，當深謀遠慮，全力以赴。

子曰：『君子懷德。』方當成大事，而居於上位時，重在位高而德謙，有如日月光明之德性，造福人群。孔子教人修身要『據於德，依於仁。』故九五曰：『飛龍在天，利見大人。』若表現出窮高的態度，必招眾人唾棄，化尊敬為怨恨，悔之已有『失足千古』之恨。上九曰：『亢龍有悔。』即是此理。

六爻示人當潛則潛，當見則見，當惕則惕，當躍則躍，當飛則飛，不當亢則勿亢。天下事，順天則存，逆天則亡。孔子謂子產，有君子之道四焉，其行己也恭，其事上也敬，其養民也惠，其使民也義，其德亦深矣。兼備仁、義、禮、智、信五德。合乎六爻之義，故能將鄭國治理得層然有序，留名後世。人生事業成敗，大半操於己手，深得乾卦六爻之理，雖不能上居最高位，亦能小成而安然一世，古今多少成敗事例足鑑，學過此卦後，能不備加警戒乎？

二、從井卦論人才

夫治國之道，得人者昌，失人者亡。故欲國之治平，不可無聖賢，猶民之生活，不可少水也。聖賢擢居上位，乃能施展其濟世福民之抱負，舜禹之澤及生民，蓋身為帝王之故也。不然，若孔子不在其位，徒有理論及理想，終不能實行之，致有匏瓜之歎耳。其謂：『苟有用我者，朞月而已可也，三年有成。』蓋為衛靈公不能用而發也。

井所以儲水，象徵為民造福之聖賢，觀井卦之六爻，詳言治國將如何人盡其才，士君子應如何修己德行以待用也。以人才之於國，猶井水之於民，譬喻恰當，含義深長，立論奧妙。邑可遷而井不可遷，若聖賢之具『恆德』，不為環境所改變也，而井水之晝夜汲而不減，泉流注而不盈，如聖賢造福百姓之德量無疆也。且井水之性潔淨，則似聖賢之『清操』，不可污染，不隨波逐流也。然井水靜止，誠喻聖賢不自求表現而待於君主之求也。

初六居全卦之下，處於井底，唯有泥而無水，不能供人飲食。久之，則如同廢井，不惟人不食飲，禽獸亦不下而覓水也。故曰：『井泥不食，舊井无禽。』夫處下位，為下流者，眾毀所歸，聖賢不為也，故子貢曰：『是以君子惡居下流也。』孟子曰：『人必自侮，然後人侮之。』為人卑賤，則父母不以其為子，妻子不以其為夫，眾人猶棄，而況於君子乎？有志於用世者，豈能一無所長，當潔身自愛，力爭上游，及時修身，大學曰：『古之欲明明德於天下者，先治其國。』而治國以修身為先，不修身何以保家國？其意明矣。

九二於井泥之上，有水之徵也，然不被汲用，亦無養人之功，若谷水之湍急如矢，射於鮒魚身上，喻賢才在世，卻無有力者為之援引，故曰：『井谷射鮒，甕敝漏。』秉剛執中，可用於世之才，因無向上之志，而不被器重，導致向下沈淪，不能養人，此乃人謀不臧，英雄失意也，豈非在上者之失察焉？然消沈則志亡，將永無成功之日，不亦悲哉！故孟子曰：『古之人，得志澤加於民，不得志，修身見於世，窮則獨善其身，達則兼善天下。』良有以也。面臨失意，須立志向上，修養德性，充實己身，以備出仕之用，此君子之德也。

九三為已疏濬之清水，可食之，而民卻不食用，喻修行潔身之君子，懷才不遇，故使之傷心。賢才若遇明君，則己身幸福，自不待言，國王及全民亦蒙其德澤矣。故曰：『井渫不食，為我心惻，可用汲，王明，並受其福。』懷王若能用屈原，則楚國必治乎，何至於為一國之君，竟客死於秦？能不叫屈原憂愁幽思？

六四為井水雖未能出而養人，但求時刻修治井甃，使水恆久清潔，以備人之汲取，比之初六井泥不食，可謂無咎矣，故曰：『井甃無咎。』君子才高不見用，當培養德性，勿踏入歧途，如修治井甃，不使清潔之水，復染污泥，若因怨望而廢全功，乃自毀前程也。如恒溫之：『既不能流芳百世，不足復遺臭萬載耶？』受挫則改變節志，此非聖賢之行為也。蓋君子節行如蒼松之經風雨而益茂，寒梅欲霜雪而彌香也，戒懼慎獨，行仁由義，愈挫愈修身以見世也。

九五為水甘潔清涼，喻用人惟賢之君主，具陽剛中正之德，大公無私，若非才德兼備之士，即不用，猶如飲水，若非甘潔寒涼之清泉，即不飲也。故曰：『井冽寒泉食。』舜有臣五人而天下治，其善用人才也如此。司馬光居相位，愈半載而萬民膜拜，童叟謳歌，政績昭彰。信哉，君主知人善用之效也。

上六為水巳出井，完成養人之功，而井之德性，乃在養人無窮，且無時、量之限制，供給生民所需之水而無間。國君之德澤，若像水之博施濟眾，不休不止，則為大吉，達大成之政治境界也，故曰：『井收勿幕，有浮元吉。』君主善用人才，聖賢見用，達勞民勸相之功，則國家昌盛，百姓安樂。管仲相齊桓，九合諸侯，一匡天下，孔子曰：『微管仲，吾其披髮左衽矣。』桓公之善用聖賢也可知矣。

聖賢治國，貴在尊賢而賤不肖，尊賢而用之，賤不肖而去之，則國昌矣。出師表曰：『親賢臣，遠小人，此先漢所以興隆也；親小人，遠賢臣，此後漢所以傾頹也。』劉玄德善用諸葛孔明，致西蜀興盛一時，反之，懷王以不知忠臣之分，故內惑於鄭袖，外欺於張儀，疏屈平而信上官大夫令尹子蘭，兵剉地削，亡其六郡，客死於秦，為天下笑，此不知人之禍也。蓋察能而授官者，成功之君也，昏瞶而失人才者，亡國之君也。欲天下太平，垂拱而治，為政者，能不慎用人才，公正無私，廣收賢才，盡去小人，而以井卦為警惕乎？大學曰：『自天子以至於庶人，壹是皆以修身為本。』若上有明君，士無聖德，則為士君子之過也，有志於用世之君子，焉能不以修身為首要之務，欲修養品德，不變志節，豈能不以井卦為借鏡乎？

三、從蒙卦論當前教育

立國之道，以教化為先。學記曰：『古之王者，建國君民，教學為先。』故自有生民以來，即有教育。曩昔農業社會政教合一，今日工業社會，則視教育為投資，已成專業化之事業。蒙卦對教育之方法與原則，亦有詳言。

教育須先講求方法，故學記曰：『善學者，師逸而功倍，又從而庸之；不善學者，師勤而功半，又從而怨之。』方法影響教學之大可見。初爻乃表愚而好自用者，須以九二剛中之威糾正之。愚昧者，不知利害，不明是非，易犯罪於不知不覺中，故於發蒙之初，應威之以刑罰，使其有所畏懼，繼而導之以德，齊之以禮，使脫其愚昧之桎梏。知善惡之關係，有罰必有賞，致刑賞分明，弊病不生。故初六曰：『發蒙，利用刑人，用說桎梏，以往吝。』觀今之教育，於發蒙之初，實施『愛的教育』，嚴禁體罰，對頑強之生，教師不得懲罰，如何收教學效果？或有被寵、失之關照之子女，如之何不問題叢生？又『填鴨式』之教學，師生未能配合如何啟發學童之智慧？凡此種種，其為缺點也大矣。

九二以剛居中，光照上下，凡愚蒙者，皆問學於他，其有教無類，悉數收教，如孔子之『自行束脩以上，吾未嘗無誨焉。』六五與九二相應，若夫婦之歡好相處，君之使臣以禮，臣事君以忠，如子能承父業，故九二曰：『包蒙吉，納婦吉，子克家。』其有如許吉，乃能以剛接柔之故也。此為教育態度，為師應有誨人不倦之精神，以教育為樂事，不計名利，對童子更無偏差之心，本『善待問者如撞鐘，叩之以小者，則小鳴，叩之以大者，則大鳴。』應學生之須而適時教授，有問道之志，須盡明道之責。而今日教育，皆為大班制，分科教學，教師可於其所教科目，發揮才能，然亦因之缺少對學童之關懷，已無昔『如孔門七十子之服孔子』可言，此能不謂為分科專精之偏差？

六三爻以娶女寓師道，此爻居下卦之極，往應上九，為女往求男，背男下女之親迎禮。上九表位尊而多金，六三即忘婦道，主動求之，娶此崇慕勢利之女，何益之有？古六三曰：『勿用取女，見金夫不有躬，無攸利。』而品德不端，亦何以為師？韓昌黎謂：『師者，傳道、受業、解惑也。』為人師表，首重品格，徒有學問，不足稱師。然今升學主義下，學校教育以課業為主，時有教師置學生之品格修養於其次，甚而不顧。補習班充斥於市，以猜題先生招徠生意。師道之不尊也久矣，大學云：『雖詔於天子，無北面，所以尊師也。』已不復存，『道之所存，師之所存。』更無人重視，國民品德日下，自不待言。總統曾特別提示：『為教師者，必須嚴於自律而後師道乃尊。』足為今日教師警惕，而一般人士亦應能尊師重道。

六四以陰闇之質，處六三及六五間，遠隔九二與上九，困於愚蒙中，未能請教高明之師，而致鄙下。故六四曰：『困蒙，吝。』不知『就有道而問焉。』良師須己尋得，古有『千里求名師者。』今之學子則缺乏自動好學之精神，徒有記誦之學，未解『君子居必擇鄉，遊必就士』之理。且低能兒童，教育當局並未作妥善之教導，雖有少數啟智班，未及普遍，此有待改進之處也，教育應對智能不足者，負救其失之責。

六五以陰柔之質居人君之位，為才與位不相稱，然下有九二與之應，如柔闇之君而有剛明之臣，且信任之，重託以國家大任。如無知幼童之聽從忠實能幹者之指示，以人智為己智，以人明為己明，因蒙反獲吉。故六五曰：『童蒙，吉。』以大智若愚而得利。俗謂『驕必敗』，聰明反為聰明誤，學貴虛心求進。今因物質文明發達，童子受物欲影響，視讀書為苦，沉迷於遊樂場所或影視中，少而自恃聰明，導致老大無成，不亦悲哉！教育應重視天才，實施特別教導，則人才倍出可待矣，而對自恃聰明者，亦應導之向上。

發蒙，包蒙若施之未見效果，則須行強迫教育，以打擊方式使其改正愚行。擊蒙乃消除愚蒙之害，而非為愚蒙之害，故上九曰：『擊蒙，不利為寇，利禦寇。』不良少年之於監獄中，受感化教育，即是強迫教育，又如犯罪而遣送臺灣外島，使之受苦，亦是思其悔改之教育。

教育為立國之本，不容忽視，而觀當前教育，弊病累累，有識之士，能不憂之，近百年來之教育，未見成功，能不思改進耶？

附錄二

學術專文

壹、從佛學的「輪迴觀」看莊子的「生死觀」

前言：

道家思想以老子為宗，莊子更加發揚光大。老莊的思想，一般人以為過於消極、避世，文人才子受了他們的影響，有的韜光隱世，寄情山林；有的託為放逸，不拘禮節。其實老莊所追求的人生理想，是自然簡約的生活，是自由自在，無拘無束的至德世界。

莊子的人生觀是死生如一，萬物一體，宿命論。莊子的理論觀，是要達到至人、神人，或真人的境界，去成心、無欲、心齋坐忘。莊子認為創造宇宙的本體是一個「非物」。

莊子的文學，是詼諧、幽默、嘲諷、超然塵世，但他的態度卻是嚴肅、悲憫、富於同情心，我們不能只是驚嘆於他譏刺的「謬悠之說」、「荒唐之言」，或是那徜徉自得，獨與天地精神往來的逍遙世界，而忘了隱藏在文字後面的莊嚴世界。

本文僅就莊子學說中的「生死觀」作一番探討，再和佛學中的輪迴作個比較。莊子是以達觀死生為養生的最高理想，佛學中的六道輪迴則是在說明宇宙人生的真相，即是「三世因果」。

一、莊子所處的時代

莊子是宋國人，約出生於西元前三百七十年，宋國是個小國，處在齊楚等列強諸侯的包挾之下，屢次成為戰亂的中心，最後仍逃不了被瓜分的命運。

莊子所處的時代，根據司馬遷史記老莊申韓列傳所記載：「與梁惠王、齊宣王同時。」正與孟子所處的時代一樣，是飽經戰爭，離亂的苦難時代，由於封建制度的崩潰，諸侯之間強凌弱，眾暴寡，孟子離婁篇：「爭地以戰，殺人盈野，爭城以戰，殺人盈城。」正是當時的社會狀態。

又由於王綱廢弛，名教墜地，孟子滕文公篇：「臣殺其君者有之，子殺其父者有之。」社會組織與經濟制度，更因政治的影響，產生很大的變動，造成民生困頓，人命微賤的現象。

莊子置身在悲苦的現實社會裏，看著充滿殺戮、飢餓、流亡的戰禍，以及諸侯之間的篡奪凌虐，窮兵黷武，當時的國君，罔視人民的生命，慘死的人民，滿溝遍野，像枯幹的草芥一樣，百姓簡直活不下去，對他的人生觀有重大的影響。

二、莊子的生死觀

儒家的孔子說：「未知生，焉知死。」又說：「民可使由之，不可使知之。」因此不肯談形而上的問題。

道家的老子謂：「吾之大患，在有此身，若無此身，便無大患。」顯然他知道莊子追求的是超死生，因為死生是人生一大事，至樂篇說：「死，死君於上，無於下，亦無四時之事，縱然以天地為春秋，雖南面王樂，不能過也。」人只有忘卻生死的關頭，把死與生都看得平淡，才能得真正快樂。

佛家的釋迦牟尼佛將人生究竟的形而上問題，不厭其煩，反覆詳盡的講解，佛經謂：「欲知前世因，今生受者是，欲知來世果，今生作者是。」即是三世因果。又提出對治的方法，讓人們去解決。

莊子認為宇宙一切事物的現象，都是相對的關係，事有始，必定有終，人有生，必定有死，不斷的循環，就像白天和夜晚的變化一樣。大宗師篇：

「死生，命也，其有夜旦之事，天也。人之有所不得已，皆物之情也。」宇宙事物的自然現象，是人力所不能改變的事實，也就是不能隨人為主觀的意志，去改變那客觀的必然性。

一般人認為生是從無變為有，所以覺得可喜，死是從有變為無，因此覺得可悲，莊子認為人生之前是個無，死後還是無，從無處來，到無處去，就像春夏秋冬四時的運行一樣，週而復始，那人的生，有什麼可喜？人的死，又有何悲。

莊子德充符，田子方篇提過：「死生亦大矣。」認為死生是件大事，以後覺悟到人生像在做夢，有時夢中又在做夢，當夢的時候，不知道自己是在做夢，夢中又在夢，醒了才知道是在做夢，必定到大醒的時候，才知道我們一輩子都在做夢，因此莊子把死生看淡了。齊物研論篇：「昔者莊周夢為蝴蝶，栩栩然蝴蝶也，自喻適志與！不知周也。俄然覺，則蘧蘧然周也。不知周之夢為蝴蝶與！蝴蝶之夢為周與？周與蝴蝶則必有分矣！此之謂物化。」

莊子夢蝴蝶，悟出死生如一的道理，引發他「物化」的觀念。人們不願意死亡，憂慮死亡，在莊子看來那是非常可嘆的事。

莊子這種死生如一的觀念，是基於他對生命變化的理論，他肯定萬物的產生是從無到有，由植物變為萬物，由低級而高級，然後又轉化為無。

至於生命的來源，他認為是萬物由一種「幾」產生而來，又返歸於生命的化機中，是莊子對於死生看法一致的理論根據。物生於「化機」，又返歸於「化機」中，這是一種科學的規律，人的生死受這種規律的支配，無可挽回，因此對死生問題的看法，應順應自然的規律，不必擔心，不必動感情。至樂篇：「莊子妻死，惠王弔之，莊子則箕踞鼓盆而歌。惠子曰：「與人居，長子，老身，死不哭亦是矣，有鼓盆而歌，不亦甚乎？」莊子曰：「不然，是其始死也，我獨何能無慨然，察其始而本無生，非徒無生也，而本無形，非徒無形也，而本無氣，雜乎芒芴之間，變而有氣，氣變而有形，形變而有生，今又變而之死，是相與為春、夏、秋、冬四時行也，人且偃然寢於巨室，而我噭噭然隨而哭之，自以為不通乎命，故止也。」妻死，他開始時哀傷，繼而想到是自然現象，故而可歌。

齊物論篇：「麗之姬，艾封人之子也。晉國之始得之也，涕泣沾襟；及其至於王所，與王同筐床，食芻豢，而後悔其泣也。予惡乎知夫死者不悔其始之蘄生乎！」莊子比喻人憎死亡，就像女子不肯出嫁似的。出嫁後享受榮華富貴，而後悔當初不該哭泣。

莊子認為人死後，在上沒有國君的統治，在下沒有臣子的煩擾，也沒有四時的人事，安然和天帝同始終，即使是帝王的快樂，也不能相提並論。人死後是快樂，可以對著屍體歌唱，並不是歌頌死亡，鼓勵人生加速死亡。

莊子的生死觀在消極方面看，是任由自然的安排，流入「宿命論」，但從積極方面看，他似乎是在告訴我們，個人的生命是有限的，社會的事業是無窮的，應當以有限的生命投入社會無窮的事業中，使自己的生命也無窮盡。莊子不承認死生的分別，是基於他對萬物一體的概念，他認為萬物的發展，或成為物，或成為人，是沒有必然性的，我們出生為人，或為物，只是偶然而已，全由造物者作主，造物者予我們什麼形體都一樣，人生是一場春夢。齊物論篇：「夢飲酒者，旦而哭泣，夢哭泣者，旦而田獵。方其夢也，不知其夢也。夢之中又占其夢焉，覺而後知其夢也。」

三、佛陀所處的時代

釋迦牟尼佛生於西元前五六五年（一說六二三年），父親是迦毘羅衛國的國王，叫做淨飯王，是位賦性仁慈，才德高超的聖君，亦是智勇兼備，古風可嘉的明主，他既非常的愛護百姓，百姓也擁戴他，所以國內政治修明。母親即王后摩耶，是位容貌端莊、性格賢淑的女子。太子英勇聰慧，在宮中過著美滿的生活，十二歲那年，隨父王巡遊各個地方，在田野上看到農夫和耕牛之作的辛苦，才知道還有痛苦的一面，又看到撥土壤之下，所出現的小蟲，被遠處飛來的鳥雀啄得一個不留，而啄食小蟲的鳥雀，突又被在空中俯衝而下的老鷹捉住，兇狠地啄食牠的血肉，眾生自相殘殺的一幕，使太子的內心深受震動，於是他坐在一棵閻浮樹下思索：「人生原來就這麼勞苦嗎？眾生之間應該互相殘殺嗎？」回到宮中後，終日悶悶不樂。

後來太子結婚了，也生了一男孩，但太子卻不快樂，而決定到外界去呼吸新鮮空氣，以免長期在宮中過著沈靜的生活，當他到宮中外看到人間的生老病死，而毅然出家修行，當時他二十九歲，在雪山苦修六年而證道成佛，以後在人間講經說法四十九年。佛陀謂人心能使人成佛，也能使人成為畜生，迷則成鬼，悟則成佛，都是心的作為。因此要謹慎持戒，努力修道。

四、業力的因果律

佛經謂：「欲知前世因，今生受者是，欲知來世果，今生作者是。」即是三世因果。梁啟超講：「業與輪迴」說到：「依一般人的常識，所謂『生命』，是從出生之日起，到死亡時止，截頭截尾，無來無去。」佛學則不以為然，果真如此，則人之出生，便是偶然突如其來，這正是「無因論」，死了之後什麼都沒有，就是「斷滅說」，佛以為兩種都不合理，佛用他的智慧觀察，發明「業力輪迴」之說，「業」梵名「羯磨」，在佛經俱舍光記十三說：「造作名業」就是行為或造作的意思，有身、口、意三業，即身業、口業、意業。但身與口係受意的指使，先有思想而後有行為，因此三業就是一業了，地藏經說：「娑婆眾生，舉心動念，無不是業，無不是罪。」業的性質，有善、惡、無記（不善不惡）之分，由造作善惡業因，所產生的果報，叫業果業報。

業也可解為道德或不道德的意志力，即一切意志力的動作反應或結果，由意志力造作的善惡諸業，這些影響種子都藏在阿賴耶識中，種子遇緣會現形，現形時果報分明，一定善因是善果，惡因是惡果，即所謂「業力不滅的因果律。」

佛家謂一個人的「生命」是無始無終的，每一期的壽命雖短，然而生死輪迴在六道之中永無休止。所以造業就難以計算了。佛說：「萬般帶不去，唯有業隨身。」一個人在世不能作些善業，雖有大量財富和權勢，結果死的時候，一點也帶不去，還是要依業受報。因此，要趁著在世時，修正個人的思想行為，要想了脫生死，斷絕輪迴，必須成佛，才能解脫。

業力的因果律，是人人自作自受，也不能代替，有「結果」是由「因種」而來，「果」一定是從「因」中的種子開花結成的，叫「因果不昧」。

佛陀叫人信業力，信因果，依業力的因果律說業報有三時業，（一）順現受業，即現生造業，而現生就受果報。（二）順次受業，即現生造業，而次生受果報。（三）順後受業，即現生造業，而二生或多生後受果報。這是從過去、現在、未來三世，說明因果是不會消滅的，如是因得如是果，善有善報，惡有惡報，就是業力因果律的定理，誰也不能逃避，只有把握著純正的意志力，使行為純善，有慈愛、容忍、寬恕、不爭、不執的美德，向利他的善業去努力，幸福的花果，才能從人人自己的心田中培植起來。

五、因緣與果報

因緣生萬法，是佛法中重要的理論，「因」是事物的本源。「緣」是一種助力，「果報」是結局。

緣是指一切事物之間生起一種互相交涉的關係。

果可分為現果、來果、後果，這是三世的時間上，說明因果是每一事一物生長和成功的必然性，有是因必招如是果，其間關係雖極複雜，卻是有條不紊，毫釐無差的，所謂「因果到頭終有報，只爭來早與來遲。」就是這種道理的解說。

因果的定率還有兩個要點：一是因果不會消滅，有了因，遇緣便起現行，招受果報。修習佛法，斷盡三界煩惱，獲得出世聖果，方可免除輪迴受報的痛苦。二是善惡不相抵銷，已種惡因，必分受其報，不可能因再做點好事，就可把應得的罪惡抵銷。

六、輪迴說

法華經說：「佛以一大事因緣故，出現於世。」大事是指「生死」大事，人人都有一個本來面目，即是「佛性」，本來面目在那無始以前，無明未動的時候（無明，是痴闇之心，體無慧明。）原是不死不生，與佛的心性一樣，因為無明一動，就鑽進了生死的圈子，從此生生死死，塵塵劫劫在苦海裏面隨業流轉，即隨自己身口意造作種種有漏善，及諸惡業之力，流轉於六道（天、人、阿修羅、地獄、餓鬼、畜生）之中，永遠跳不出生死圈子，並且雖在生死苦海裏，往往不以為苦，反以為樂。法華經說：「如是等種種諸苦，眾生沒在其中，歡喜遊戲，不覺不知，不驚不怖，亦不生厭，不求解脫，於此三界火宅，東西馳走，雖遭大苦，不以為患。」

因果輪迴，天堂地獄，是宇宙間的至理，不獨是佛家一家的學說，儒家謂：「積善之家必有餘慶，積不善之家必有餘殃。」道家謂：「善惡之報，如影隨形。」天堂地獄之說，耶教、回教都是極力主張的，輪迴之說，古人書上所載，不知凡幾，正史上所記載的也不少，如史記正義謂伯鮌為熊，漢書謂如意為犬，晉書謂羊祜前身為李氏子，南史梁紀謂梁元帝前身為眇目僧，北史齊紀謂劉氏女前身為李庶白，宋史謂劉沆前身為牛僧孺，范祖禹前身為鄧禹，郭祥正前身為李太白，遑明通紀謂夏原吉前身為屈原。

輪迴之理，即是人死心不死，軀殼雖壞，心性長存，一日未能出世，自然隨業輪轉前生後世。如以「理論」，則天堂地獄皆從自心所生，如以「事論」，則楞嚴經所說諸天形狀，地藏經所說各種地獄形狀，都很詳明，絕非虛妄，將來科學昌明，一切因果輪迴天堂地獄的確實證據，要愈發現，或者能夠打通人鬼的阻隔，彼此可以覿面相接，也是預料中的事。

佛學所說的十法界，是佛於一真法界中，約迷悟染淨分為十種階級，即四聖法界和六凡法界，四聖法界是指：佛法界、菩薩法界、緣覺法界、聲聞法界。六凡法界是指：天法界、人法界、修羅法界、畜生法界、餓鬼法界、地獄法界。各法界是由我們當前的這一念心所造作而成的，我們各個人的這一念心，若是造作十惡業，便會墮入畜生、餓鬼、地獄的「三惡道」，若這一念心造作十善業，就是成就天、人、阿修羅的「三善道」，這一念心若能念阿彌陀佛而一心不亂，那麼當下就是佛了，如經所說：「是心作佛，是心是佛。」亦即心能造天堂，心即是天堂，心若是造眾生的因，心就是眾生。

人生大事，莫過於生死，死後依其業力輪迴六道之說，出於釋迦牟尼佛。因為他經過多生多劫的艱苦修行，才證得無上之佛道，成佛之後，於是有了三身、四智、五眼、六通，所以他能徹底瞭知宇宙間過去、現在、未來一切事物，以及人之所以為人的根源——生從何來？死從何去？「人身難得今已得，佛法難聞今已聞。」佛弟子應內養五德，外修六和，五德者，溫厚善良恭慎節儉忍讓，六和者，見和同解、戒和同修、身和同住、口和無諍、意和同悅，利和同均，勤學三福三學，六度十願，續佛慧命，弘法利生。佛言：「欲往生西方極樂世界，當修三福，一者孝養父母，奉事師長，慈心不殺，修十善業。二者受持三皈，具足眾戒，不犯威儀。三者發菩提心，深信因果，讀誦大乘，勸進行者，如此三事，名為三世諸佛淨業正因。」由修行而往生西方極樂世界，免於六道輪迴之苦，由成佛而達到不生不滅的境地。

七、輪迴觀與生死觀的比較

莊子的人生觀，以達觀死生為養生的最高理想，能知「生寄死歸」之理，則一切痛苦，皆可解脫，養生主篇：「適來，夫子時也；適去，夫子順也。安時而處順，哀樂不能入也。」莊子視死生為自然之變化，故能與造化為一。不厭其生，不惡其死。生是順自然之理而生，死是順自然之理而死。如此達觀，則哀樂不擾其心，真人遊世，能忘死生，雖身寄人間，而心超物外。故大宗師篇謂：「古之真人不知悅生，不知惡死。」憨山大師注：「此言真人不但忘利害而且超死生，以與大道冥一。悟其生本不生，故生而不悅；悟其死本不死，故不惡其死。」有如此妙悟，故能以死生為一化。大宗師篇：「且夫得者時也，失其順也，安時而處順，哀樂不能入也。此古之所謂縣解也。」莊子遊於死生之變化，故妻子死時，能箕踞鼓盆而歌。此即能達觀死生，既能達觀，才能視死生為「物化」。知北遊篇：「生也死之徒，死也生之始，孰知其紀。人之生，氣之聚也；聚則為生，散則為死。苦死生為徒，吾又何患？故萬物一世。是則所美者為神奇，其所患者為臭腐。臭腐復化為神奇，神奇復化為臭腐。故曰：通天下一氣耳，聖人故貴一。」莊子以為生死為循環之變化，生為一形式，死亦為一形式，由生到死，只是從此一形式變為另一種形式罷了。但是皆通一氣，所以聖人貴此真一，而冥用萬化，齊一死生。

莊子思想超越時空，不待大覺，而知人生為大夢，所以能通齊物而逍遙，莊周夢蝴蝶，即是人生如夢，方其夢時，不知為夢也，必待死後才知此人生為大夢，能達觀死生，才能生時樂生，死時樂生，又能生時安生，死時安死。列禦寇篇：「莊子將死，弟子欲厚葬之。莊子曰：『吾以天地為棺槨，以日月為連璧，星辰為珠璣，萬物為齋送。吾葬具豈不備邪。何以加此！』弟子曰：『吾恐烏鳶之食夫子也。』莊子曰：『在上為烏鳶食，在下為螻蟻食，奪彼與此，何其備也！』」可見莊子因能達觀死生，因此可遊於自然變化的境界。

佛學的因緣果謂「萬法因緣生。」指一切事的發生，先必有因，再遇見緣，就發生結果。「因」是事的本原，「緣」是一種助力，「果」是後來的結局，由因得果，全是緣的力量。種瓜得瓜，種豆得豆，因與果是不會錯的，作善定得善果，作惡定得惡果，因果定律，最合科學。因結成果，是有時間性的，分為現果、來果、後果，當生成熟的稱現果，再生成熟的稱未果，多生成熟的稱後果，此即是因果通「三世」。

因果定率尚有兩個要點：一是因果永不消滅，遇緣便起現行。要想不受惡報，必須斷盡煩惱，證得界外聖果，方能免除。二是善惡不相抵銷，分受其報，但是多增善緣，可使惡報由重轉輕，勤杜惡緣，能使善果疾速成就。

佛學謂：「六道輪迴是苦海，三寶是慈航。」眾生有一具血肉的色身，到時就要毀壞，性是常存的，這裏的色身壞了，性再到別處投胎，去找寄託。

眾生共有六種，一是天堂，二是人間，三是阿修羅，叫三善道。是受苦較少的。四是畜生，五是餓鬼，六是地獄，叫三惡道，是苦不堪言的。但這六道都有色身，都有靈性，色身是都有生死的，靈性如電流一樣，就不一定向那裏再去投生，是六道都有可能去的，但因業力的關係，入三惡道的機會多。

「六道輪迴」好比苦海，靈性一時入了三善道，就像在海裡伸出頭來喘口氣，不久又入三惡道，仍鑽入海底裡，這樣頭出頭沒，總是跳不出苦海來。

「佛法僧」名曰三寶，是苦海的慈航，若肯皈依三寶，就是離開苦海的水，上了船，不但是頭出來了，連身子也出來了。「皈依」是投奔依靠的意思，就是信奉佛教，作一個三寶弟子。

「佛」是教主，好比學校的校長，「法」是功課，是教我們修業的方法，「僧」是講教的人，好比教師。佛經說：「皈依佛，不墮地獄，皈依法，不墮餓鬼，皈依僧，不墮畜生。」就是苦海得了慈航，若能念佛，則能到極樂世界，好比坐著這隻船，達到彼岸，真正脫離苦海，出了輪迴。

八、結語

莊子的生死觀，著眼點在「哲學」，由本體一的觀點來看，生為萬物之一體，死也還是與萬物一體，由此沒有分別，又從有無的觀點說，人生之前本是無，死了以後也是無，因此也沒有分別，莊子對「死生如一」的看法，所以他認為人生在世不過是一場夢而已。莊子所追求的是「起生死」，而不是長生不死，他肯定死後有知，而且認為死是一件快樂的事，這是莊子的達觀死生。

佛學的輪迴觀，著眼點在「科學」，由三世因果到六道輪迴，因果報應，絲毫不爽。眾生皆有靈魂，所以死死生生，不斷的向各道去投胎，輪迴於六道中，人死之後。被業力牽引，多半是受畜生、作餓鬼，入地獄，即是到三惡道的機會較多，到三善道的機會較少，只有佛法能教給下等根器的人，再得人身，中等根器的，可以升天，上等根器的，修成羅漢，最上根器的，就修菩薩行證成佛果。這是佛學的輪迴之說，以及修行證果才能達到不生不滅的涅槃境界。

參考書目：

莊子讀本（黃錦鋐註譯，三民書局印行）
莊學新探（陳品卿著，文史哲出版社印行）
國學論文選集（羅聯添編，學生書局印行）
人生何去何從（慈心佛經流通處印贈）
弘護小品彙存（雪廬述學彙稿之二，青蓮出版社印行）
學佛淺說（明光堂印書局印行）
佛說業報差別經淺說（敬良法師著述，無量壽出版社印行）

貳、陶淵明「歸園田居」五首賞析

陶淵明，一名潛，字元亮。東晉潯陽柴桑人。是我國四、五世紀的一位偉大詩人，他不僅是魏晉時代的第一流詩人，也是中國文學史上數一數二的大文學家，他的偉大處，是能將自己人生思想的全部，和作品溶成一片。

他從小受的是「六經」的傳統教育，年輕時就有不尋常的壯志，但在黑暗的現實社會中，他的「壯志」是無法實現。從二十九歲起，為貧窮所迫，先後四次出仕，但是每次歷時都很短，做官的時候，前後不到六年，除了當中丁憂兩年，實際上只有四年，此後一直過著躬耕的隱居生活，終老田園。

陶淵明是孤高的人，與惡濁的官場是扞格難入的。出任彭澤縣令，有一次郡裏派遣督郵到縣裏來，縣吏稟告他說：「應束帶見之。」他嘆氣說：「吾豈能為五斗米折腰，拳拳事鄉里小兒？」當天即解職而去，從任職到去職，前後只八十多天，這是義熙一年的事，當時四十一歲。

他少時即有高趣，博學，善屬文，穎脫不群，任真自得，其妻翟氏，也能安勤苦，與他同志。淵明卒年六十三歲，世稱靖節先生。

陶淵明的人生觀是「自然」，愛自然的結果，當然愛自由，他一生都是為精神生活的自由而奮鬥。辭官歸田，是因為有高潔的人格和正直不苟的心靈，他酷愛自由，不願受官場的羈靡，恬靜的田園生活，於他最相宜，因而以田園生活作為精神的寄託。「歸園田居」詩與其說是現實的生活圖景，毋寧說是他的理想國，是充滿情趣的。

他的一生中有許多痛苦和不幸，受過天災人禍的荼毒，到了晚年還常受飢餓的威脅，「夏日長抱飢，寒夜無被眠，造夕思雞鳴，及晨願烏遷。」把貧困生活所造成的特殊心理，寫得十分貼切。但他的人生道路是獨特的，因而在文學上成就了一個大詩人，造成千古橫亙的藝術風格—沖淡自然，意深旨遠的「陶體」田園詩風。

陶淵明是我國詩人中，一心愛好自然，且自甘隱居田園的一個典型。他的許多田園詩，不但描寫出純樸美好的田園風光，更透露出與自然共處的和諧融洽之樂，並顯示他的人生情趣和現實生活完全融成一片，寫得真實，自然、平淡而閒靜，如一流清淺的春泉，一片皎潔的月光，反映著清新，恬適而純淨之美，是我國文學史上最早的田園詩人，也是世界文壇第一位自然派詩人。

歸園田居五首，是陶淵明田園詩中最有名的作品，大概作於晉安帝義熙二年，從彭澤令辭官歸隱的第二年，這時他已四十二歲。

在這五首詩當中，寫田園生活，寫快樂也寫痛苦，憂中有樂，樂中有憂，寫的是經驗體貼之談，是從內心流露出來的生活實感，也可看到他任真自得的懷抱和安貧樂道的操守。

歸園田居第一首

少無適俗韻，性本愛丘山。
誤落塵網中，一去三十年。
羈鳥戀舊林，池魚思故淵。
開荒南畝際，守拙歸園田。
方宅十餘畝，草屋八九間。
榆柳蔭後園，桃李羅堂前。
曖ㄞˋ曖遠人村，依依墟里煙。
狗吠深巷中，雞鳴桑樹顛。
戶庭無塵雜，虛室有餘閒。
久在樊籠裏，復得返自然。

第一首寫辭官回鄉的原因，以及回鄉後著手新墾田地，養家活口的生活情形，有八九間草屋，十餘畝田地，樹木蔥籠，環境優美，狗吠雞鳴，悠閒愉快，寫的都是極平常的情景，各有它的趣味，是一幅陶淵明的理想國家景象。全詩均是吐露真情，無一修飾之語，其間卻有無窮妙味，充滿畫趣與諧趣，樸實和諧之美。

歸園田居第二首

野外罕人事，窮巷寡輪鞅。
日日掩荊扉，虛室絕塵想。
時復墟曲中，披草共來往。
相見無雜言，但道桑麻長。
桑麻日已長，我土日已廣。
常恐霜霰至，零落同草莽。

第二首寫農家事簡人靜，絕無塵念，大家所關心的只是莊稼，見面所談的是種桑栽麻的農事，自己所擔憂的，是霜雪到來，凋殘作物，流露出他喜歡鄉居耕作的生活，不願重回仕途，害怕收成無望，不能如願以償。

他和村夫們相處契合，絲毫沒有知識份子對農民抱有優越感的態度，更不因農民知識低而瞧不起他們。詩中詩味平淡而雋永，真趣盎然。

歸園田居第三首

種豆南山下，草盛豆苗稀。
晨興理荒穢，帶月荷鋤歸。
道狹草木長，夕露沾我衣。
衣沾不足惜，但使願無違。

第三首寫辭官歸隱，在南山下種豆，草盛苗稀，晨興而作，帶月夜歸，道狹露多，說出了農家生活早出晚歸的辛苦，但望與願無違。雖苦亦樂也保持了心境與外境的和諧。全詩的感情樸實親切，語言清新洗煉。

歸園田居第四首

久去山澤遊，浪莽林野娛。
試攜子姪輩，披榛步荒墟。
徘徊丘壟間，依依昔人居。
井竈有遺處，桑竹殘朽株。
借問採薪者，此人皆焉如？
薪者向我言：死沒無復餘。
「一世異朝市」，此語真不虛。
人生似幻化，終當歸空無。

第四首寫有時帶著子姪遊山玩水，見荒墟廢園，住民死光，而感慨「人生幻化，終當歸空無。」世俗的榮華富貴，功名利祿，終當歸無，了悟人間盛衰消長之理，可見陶淵明精於佛家禪理；詩中也隱隱寫出當時有些農村遭變亂災禍而殘破零落的景象。

歸園田居第五首

悵恨獨策還，崎嶇歷榛曲。
山澗清且淺，可以濯吾足。
漉我新熟酒，隻雞招近局。
日入室中闇，荊薪代明燭。
歡來苦夕短，已復至天旭。

第五首寫遊罷歸來，設酒殺雞，招請近鄰，荊薪代替蠟燭，通宵達旦地歡飲暢談，寫的都是農家真景實事，平淡閒適富有畫趣，更表現出曠達真率的情致，令人悠然神往。

陶淵明的田園詩，對後世詩人影響深遠，不但形成了田園詩派，而且後人田園詩的創作，在風格情趣與寫作的技巧上，大多極力模仿他。但在意境的表現上，卻不及他那麼悠遠、高超，因為他本性醇厚，情感率真，懷抱曠達，且思想豐富。性情與胸襟不及他的人，自然難以企及。

田園詩是陶淵明最純樸自然，清新可愛的作品，充滿了自然和諧之美，無論 是在人生情趣與自然情趣之間，物質生活與精神生活之間，現實人生與理想人生之間，或內在心靈與外在環境之間，都不斷地謀取和諧，也都達到了和諧的境界。

參、老子思想探源

綱目：

一、前言

二、老子思想的基本認識

三、人們行為的準則

四、人生幸福的真諦

五、老子哲學的政治原理

六、老子學說的得失

七、結論

一、前言

老子一書，意遠思深，或視同陰陽權謀之言，或持為養生修鍊之據，如以邏輯觀點組成哲學系統，尤為條理貫通，深睿絕倫。

（一）哲學體系

老子的哲學系統，是由宇宙論伸展到人生論。但老子思想的形成，我們認為剛好和上面的次序相反，是先有政治論，後有人生論，最後才有宇宙論。並且他的宇宙論的建立，其目的也只是為了解決人生和政治上的問題，這只要看道德經全書大半都在談人生修養和政治方術，就可明白了。但不管怎樣，他的「宇宙論」總是他整個哲學的基礎，因此，明瞭他的「宇宙論」，也就等於明瞭他的全部哲學了。

老子的整個哲學，全在一個「道」字，他的「宇宙論」也以「道」為基礎。老子認為宇宙的本源是道，天地萬物皆由「道」所創生。他說：「有物混成，先天地生。獨立而不改，周行而不殆，可以為天下母，吾不知其名，字之曰道（二十五章）道生一，一生二，二生三，三生萬物。（四十二章）。」

（二）哲學精神

老子哲學雖以「道」為基礎，但是他的哲學精神卻在「自然」二字。老子的人生論，故以自然為宗；他的「宇宙論」也以自然為法。如果說老子哲學是「自然哲學」，那恐怕是再恰當不過了。

二十五章說：「人法地，地法天，天法道，道法自然。」「道」是老子哲學的基礎，是宇宙萬物創生的本源，所以人、地、天都要法「道」；但「道」並不是毫無規律，為所欲為的，他還必須要以「自然」為法。天地法「道」，實際就是法「自然」。二十三章說：「飄風不終朝，驟雨不終日。」

飄風、驟雨是天地反常而不因「自然」的現象，既不因「自然」，當然不能維持長久。

無論是人，是地，是天，是道，無不以「自然」為宗，所以我們說：「自然」是老子哲學的精神。

二、老子思想的基本認識

老子思想是人類智慧的高度流露，他給人無比深刻的教訓，它使人洗脫流俗皮相之見，而能洞鑒事物演化的底蘊。一般的哲學主張，不管結論多麼的新奇特異，其出發點總是與一般人一致的；那就是說起於普通的常識。而老子則根本認為這些常識常見便已錯誤；他自己另有一套與眾不同的基本認識，他要根據自己的認識，來糾正一般識見的錯誤。這實是一個根本的討論，不僅使人耳目一新，並將猛然感覺朝夕遵行的識見主張，竟還有值得反省考慮之處。而這發人深省，與眾不同的認識，便正是老子全部思想的基礎。

一般人觀察事物，都就眼見所及，只於表象而已。如「高」就是「高」，「下」就是「下」，「長」就是「長」，「短」就是「短」，一切都非常確定。但我們冷靜地想一下，宇宙的真理果真如此嗎？這不過都是表面的現象，暫時的現象而已，事物的真正性質，並不如此。所有高下、長短、善惡、強弱等，全不過是抽象的概念。只有在空洞的「概念」中，才能確定的說高談下，議長論短；而實際的事物，並沒有什麼確定絕對的高下長短。宇宙間的一切事物都是層層重疊，彼此涵涉的，中間很難畫一道明確的界限。

老子說：「唯之與阿，相去幾何？善之與惡，相去何若？」（二十章），就是要發人深省，使人想透這個道理。唯、阿、善、惡如此，其他一切分別又何獨不然？許多在世俗看來，是壁壘森嚴，相反對立的事物，在本質上非僅不是相反對立，隔絕不通，反之卻正是相反相成，彼此互涵互變的。

按世俗的看法，一切相反對立的事物，都是有你無我，不能並存的，但只要深入觀察，即知一切所謂相反對立的事物，實是聯立並生，互為依傍的。所以老子說：「有無相生，難易相成；長短相較，高下相傾；音聲相和，前後相隨。」（二章）相反的事物，不僅相生相成，並且本身就互為涵蘊，亦即任何一方都含有對方的因素存在。譬如禍與福是對立的，但我們怎能在「禍」的領域內，把「福」的因素排除淨盡？又怎能在「福」的領域內把「禍」的因素完全排除？老子告訴我們：「禍兮福之所倚，福兮禍之所伏。」（五十八章），這個道理，誰能否認。

相反對立的，不僅互涵，並且還要互變，因為宇宙是運行不息的，一切事物都隨之而變化，真所謂「無動而不變，無時而不移。」老子說：「正復為奇，善復為妖。」（五十八章），這種正反互異的情形，正是一切事物演變的必然歸趨。老子又說：「天之道其猶張弓歟？高者抑之，下者舉之。」（七十七章），我們唯有洞明這高下代興，正反互變的道理，才能透視一切事物的真相，把握其演變的幾微。

由上看來，可知一切流俗之見，全都是膚淺呆滯，似是而非的。宇宙間雖有高下長短，種種不同的狀相，但這些不同的狀相，實際上卻是全基於一個共同的基礎；因此他們的本質實是同一相通，並沒有什麼了不起的距離，縱使退一步講，承認這些狀相的個別存在，也絕非如世俗的看法，彼此壁壘森嚴，格格不通。反之，在那共同的基礎上，卻是相反相成，互涵互變的。唯有明通此情，然後才能糾正世俗的謬見，對事物有真正的認識。

一般人把一切分別差異的現象，認為完全代表真實的情況，並且還彼此不通，確定不變，這種判斷是錯誤的，就以「強」、「弱」為例：（一）以為強的便真完全代表那理想中的「強」。其實「強」的東西中，實潛含有其相反的因素——「弱」在內的，實不能代表純粹理想的強。（二）以為「強」的便確定是「強」，而不生何種變化，其實「強」的東西，不僅要隨著宇宙的運行而變化，還要變成相反方面的「弱」，實不能永久固定的是「強」。

莊子天下篇關尹老聃一節，謂「聖則毀矣，銳則挫矣。」不論是人們秉性，還是自然界的物性，只要有了強的性狀，便一定不能避免此一歸宿，先就秉性來看，人們只要逞強好勝，便必遭受摧毀，趨於滅亡。老子說：「勇於敢則殺。」（七十三章），再就物性來說：自人體以至萬物，只要有了「強」的作用，便是死亡的表現了，試看「人之生也柔弱，其死也堅強，萬物草木之生也柔脆，其死也枯槁。」（七十六章）。

反之，再看那反面的「弱」，他雖表面居於劣勢，不為人喜，但在事物演化中，獲得延續常存的，卻正是具有「弱」性的事物，所謂「曲則全，枉則直，窪則盈，敝則新，少則得，多則惑。」（二十二章），如水是最柔弱的，但誰能把它毀滅？老子說：「天下莫柔弱於水，而攻堅強者莫之能勝。」（七十八章），堅強的終被摧毀，柔弱的反而長存，「柔弱勝剛強。」（三十六章），「天下之至柔馳騁天下之至堅。」（四十三章），「守柔曰強。」（五十二章），這守柔而來的「強」，才是我們理想中的「強」，才是真正的，絕對的「強」。可見一切事絕不可望文生義，從表面現象來判斷，強弱二者，表面看來，「強」者居於優勢，但細查實際，則「弱」才是美好健存，值得我們喜好和選取的——只有根據這真正認識而來的結論，才是最正確的判斷，也只有這真正的認識和判斷，才能做我們行為的準則。

三、人們行為的準則

老子的思想，玄妙高深，自是即有價值，但他更有價值的地方，是在能給我們許多實際上的教訓。一般人往往事理看不很清，以致立身行事，錯誤百出；不僅圖謀無功，甚至弊患交至，使人深受其害、痛楚不堪。然而妙在一般人竟都因循襲蹈，不能覺察；真所謂是「人莫不飲食也，鮮能知味也。」但老子卻能提供教訓，使人猛省警惕，糾正日夕蹈襲的錯誤，而走上明智有利的途徑。他告訴我們行為的原則，使我們知道一切的努力究竟帶來什麼後果；用什麼方法才能事少功多，圖謀順遂。他告訴我們怎樣才可得到安寧和幸福。

一般人都自我執存，並要謀求自我的發揚，但如何能實現這個願望，並不簡單，凡人對事物的認識膚淺，一切圖謀只知道就表面的情況來處理，當然也不會有什麼高明深刻的辦法去實現自己的願望，總是一味的自我表現；對人，對事，便是一味的自我逞發。

先說自我執存：人們對自己的功績，都願使人知道，自己的重要性，也都願使人承認，但如硬要自我宣揚，不僅不能使人接受，反而愈宣揚愈引起反感，愈宣揚愈使人懷疑，所以老子說：「自見者不明，自是者不彰，自伐者無功，自矜者不長。」（二十四章），實在足以發人深省。

再說自我逞發；一切處人行事，都應該就事理之宜，善為措置，以求達到最有利的效果。但一般人大都不問人情，不察事理，只一味逞發自己的意念與氣力而已。許多本分的人，往往不明白處世的要領，更不明白事物演變的規趨，只知賣盡力氣前進不已，彷彿只要力氣賣到，事情便一定會成功了。其實這只是「逞力」「逞意」。結果全都勞而無功，事與願違，基本的原因便是剛愎好勝，遵行強道了。何以說是「強」？須知「逞力」固是強，逞意、逞氣，也正是「力」的另一種表現，當然同樣是強。

總之，一切自我的逞發，以及自我的表現，其本質全在謀求一己的伸張發揚，既是伸張發揚，即是強，而世人不加深思，採行「強」道，全都由於對事物的認識膚淺，誤以為這些剛強奮進的表現，便是美好可欲的。殊不知在宇宙進行中，一切強性的事物，非但不佔優勢，並且全都要被摧毀的。現在我們竟然遵行此道，又如何能避免覆亡而獲事功？因此一切有識之士，絕不隨俗浮沉，妄事剛強，反之卻是要採行「弱」道。

根據老子的認識，只有「弱」的事物，才是宇宙間真正美好可欲的，一切東西和事情必須具備弱的性狀，才能結果美滿。因此明智之士，便勢必一切以「弱」為依準了。要想遵行弱道，先要屏絕一切自我逞發，自我表現的想法；要能一反其道，把一己的「自性」取，忘掉了「我」，那麼眼前的境界，便會海闊天空，無所滯礙，使得一切事物都可依情處理了。老子說：「揣而梲之，不可長保。金玉滿堂，莫之能守；富貴而驕，自遺其咎。」（九章），唯有克制意念，不使所學之事，有過分的發展，然後才能恰到好處，不受挫折，這實是一切明智之士，治事所必循的原則。老子又說：「是以聖人去甚，去奢，去泰。」（二十九章），也就是說適可而止，不為己甚了。

不僅治事要用弱道，就是對抗橫逆侵襲，也一樣要用弱道。大橫逆來時，唯有弱道自持，用柔克剛，才是萬全有效的辦法，因為「弱之勝強，柔之勝剛。」（七十八章），乃是不變的鐵則。

不僅治事應變要用弱道，就是要為利圖功，自成其私，也一樣要用弱道，才能成功，所謂「聖人之道，為而不爭。」（八十一章），不為不爭，並且是一反「強」道，而要「濡弱謙下為表。」（莊子天下篇），以退讓為懷。在名的方面，不唯不去爭先制人，高居在上，反之卻是「不敢為天下先。」（六十七章）。在利的方面，不唯不去聚斂多藏，與人爭利，反之卻是為人，與人，不是積藏，所謂：「人皆取實，己獨取虛。」（莊子天下篇），退讓不爭，將獲得最大的勝利。所以說：「夫唯不爭，故天下莫能與之爭。」（二十二章），不僅人莫我爭，並且還要在濡弱退讓之中，獲得眾人的推愛讓與，而產生重大的成就，結果反將名高位隆，居先在上，所謂「不敢為天下先，故能成器長。」（六十七章）。

就利的方面說，既處處為人打算，必能獲得大家的擁護，所以說：「聖人不積。既以為人己愈有；既以與人己愈多。」（八十一章），高名厚利，只有仰賴眾人的推與才能造成，絕非一己獨力所能為，此則全靠廢除私心，謙下退讓，為人謀利，所以說：「非以其無私邪，故能成其私。」（七章），唯有能把「私」成於「無私」之中，那才是守柔為弱的正道。

四、人生幸福的真諦

人人都要追求幸福，但怎樣才是真正的幸福，卻很少有人洞曉。人生起於生理的暢遂，即是起於生理要求的滿足，生理不順暢，勢必感到痛苦，甚至使人不能生存，生理得到滿足，便會感到許多愉快，而引起一般人的特殊興趣，誤認為這便是幸福之所在。

幸福既經如此誤解，於是為了追求幸福，便全力以逐這滿足的愉快了。要使愉快不斷的產生，一是求其量的增多，一是求其質的變化。量的增多，便是要使生理要求的滿足機會增多；而實際則歸落於對物品財貨的追逐。因為所謂愉快，就主觀講是生於生理要求的滿足；就客觀講，則是生於對某些物品的享用；因此唯有物品財貨不虞匱乏，才能盡情享用，得到愉快。質的變化，則是起於人們的厭舊喜新。因而要推陳出新，一是方式的翻新，一是種類的創闢。人們以為從中追逐，獲取諸快樂，便是幸福之所在；並且以為幸福之大小，就正與這追逐的多寡成正比。

以上是一般人實際所追求的幸福，但真正的幸福，乃是持久的安泰寧怡，而非一時的愉快刺激。因為：就量的增多來說，人們往往以享用愈多，愉快愈大，殊不知「鷦鷯巢林，不過一枝；鼴鼠飲河，不過滿腹。」多了反而有害，因天下事「或損之而益，獲益之而損。」（四十二章），就人而言，「少則得，多則惑。」（二十二章），一切物質享用正是如此。

再說方式的翻新，無盡無數的花樣演變，必將使人疲於應接，感覺痲木，無從領會愉快的感覺，老子說：「五色令人目盲；五音令人耳聾；五味令人口爽。」（十二章）可見「量的增多」反將變成痛苦；「方式的翻新」反將斲喪了原有的口胃，而使身心感到困擾。都不是真正的幸福。

人們由於喜新厭舊，追求刺激，於是打破生理要求的藩籬，而別創許多新異要求的滿足。於是名利財貨等種種非生理的要求便一一出現了，一般人以為這可以提高人們的水準，得到更多更好的愉快。殊不知這些要求全是身外之物，而非出於生理要求。生理要求，其需要在於軀體，而這些後起要求，則是起於對心神的誘惑，使得內心嚮往趨騖，心神既為吸引而去，內心便不能再保持寧靜平衡，老子說：「馳騁畋獵，令人心發狂。」（十二章），內心既是狂亂不能自制，結果不僅內在失去寧靜，外在的也影響到人的行動。

由上可知一切「量的增加」「質的變化」，都不能使人真正愉快，更不能使人得到幸福。質與量的追求，不管內容如何紛歧，本質上卻都拋開了本心，忘掉了自身，而去向外追求。

人本是以自身為本的，現在卻不惜犧牲本身，去追逐外物，乃由於內心起了妄念，對原有的狀態感到空虛不足，才要向外面有所獲取，以期填補空虛，感到滿足，這不知足和想有所得的念頭，正是一切紛擾病痛的禍根，老子說：「禍莫大於不知足，咎莫大於欲得。」（四十六章）人們不知足，目的是為了求「足」，所謂「足」乃是「欲求暢遂，不復感覺另有需求」的一種狀態，但人的欲望無止境，只要「欲得」的念頭興起，便永無滿足之日。反之，惟有一反其道，對於外物毫不期慕，一以本身的狀況相安自足，然後才能真正得到「足」。內心既已知足，不生外慕之念，空虛不足之感，便永遠無從發生了。老子說：「故知足之足常足矣。」（四十六章）。

在實際生活中，如何才能做到安分知足呢？就得靠我們的理智來明察事理了，首先內心應保持冷靜，當外物出現，誘惑來臨時，絕不可敏感的立刻投身相好，更不可盲目的去追逐，要冷靜的觀察一下，仔細的考量一下，先應當想想，即令獲得後，又有什麼好處，又能保持多久？尤其要考量一下，果真追逐要付多少代價，要受多大阻撓，如此便不會對外在的誘惑妄事追逐了。

真能知足，「幸福」自然隨之而來，因為內心既感知足，便不會對外物嚮往期慕，而事追逐，老子說：「知足不辱。」（四十四章），「知足者富。」（三十三章），既不為外物擾惑，內心便自然平息無波，保持寧靜而有恬怡自得知至樂。既不妒人怨己，便自然心平氣和，與事物沒有扞格，而有心廣體胖，身心康泰的收穫。

由此可知，只要真能做到知足的地步，所有身心內外的好處，都能一一而至，這時論內心，則寧靜恬怡，至樂無窮。論情志，則無拘無束，適意而行，無辱志痛心之委屈，無困心賊性之戕損。論軀體，則與人無爭，與物無忤，無憂無怒，心廣體胖。論則不受打擊，不招怨恨，所在安全，可以長久。——這內心寧靜，情志適意，軀體健康，生命安久，才是人們本然所需的好處，而為人生真正幸福之所在了。

五、老子哲學的政治原理

國家是眾人匯聚的群體，政事是眾利悠關的措施。為政者一舉一動，一揚一抑，無不影響眾人的福利。惟有深知樂利之所在，才能導群體於幸福之鄉，洞明事理之要領，才有為眾謀利的技術。就是唯有明白了行為準則，才能治事有方；明白了幸福的真諦，為政的目標才能正確。

一般為政者很少能做到這種要求，他們多半是根據世俗的錯誤認識，去做愚蠢無益的奮鬥。他們為政的目標是在迎合人們的無盡欲望，妄事造作興革，很少想到這些事情究竟給人們帶來什麼後果。他們治事為政都是一本強道，而不明事物演變盈虛之理，因任自然之利。——這種辦法不僅在出發點上便已違反了真理，無從為眾謀福；即令就事論事，從小處看，也是不得其法，愚不可及。不僅事倍功半，甚至會求全反毀。以下就「為政目標」和「治事方法」兩端來推敲。

（一）為政的目標

政治的本質是在謀求人們的幸福，但一般人對幸福的觀念不正確，以為多有滿足的愉快，才是幸福；多去追逐後起的欲求，才是獲至幸福之道。因此為政者，在精神方面便表彰道德，推崇智慧；在物質方面，便製造貨財，發明玩好。以為唯有在這些方面有所建樹，才算是為大眾謀幸福，使社會進步。其實如此，只有把人們推到痛苦墜落的深淵。

首先從道德仁義看，一般人認為道德仁義是人們修養的成就，為高名美俗之所在。這是膚淺的表面看法，道德是使人痛苦的原因，人們墜落的表現，莊子馬蹄篇謂：「道德不廢，安取仁義？性情不離，安用禮樂？」可見道德仁義出現，就表示人們已遠離「上德不德」的至德之世了。所以說：「大道廢，有仁義。……六親不和，有孝慈，國家昏亂，有忠臣。」（十八章），「夫禮者忠信之薄。」（三十八章），由此看來，道德仁義，不正是人們墜落的表現嗎？所以老子要人「絕仁棄義，民復孝慈。」（十九章），「不尚賢，使民不爭。」（三章）。

再說智慧，智慧本已是美名之所在，為一般人所熱求，也是一切新奇事物的來源。因為唯有賴智慧，才能使「量」多，「質」變的願望實現。但智慧也可用來濟奸為惡，文過飾非。在沒有智慧的時候，人們為惡作偽，因能低識陋，成就不大，但在有了智慧之後，便可大逞其奸，大肆其虐了。老子說：「智慧出，有大偽。」（十八章），「民之難治，以其智多。」（六十五章），因此凡是推崇智慧，以智慧的原則來領導政治的，就會弊患無窮，使國家受到莫大的損失。老子說：「絕聖棄智，民利百倍。」（十九章）「不以智治國，國之福。」（六十五章）。

物質方面的製造貨財，發明玩好，道理亦同，一般為政者以為在這方面多有成就，人們就可享用增多，而有幸福。其實貨財玩好的創製，不能給人們帶來幸福，明道之士，應使社會歸於淳樸，泯滅外在誘惑。所謂「不見可欲，使民心不亂。」（三章），「絕巧棄利，盜賊無有。」（十九章），如此社會既無爭逐盜賊之擾，人們又無欲壑難填之苦，才是真正的為政之道。

由以上看來，可見一般為政的目標都是錯誤的，有道之士，都要去華崇實，「是以大丈夫處其厚，不居其薄；處其實，不居其華。」（三十八章），老子的理想社會，不是文物發達，廣土眾民的國家，而是要把所有的物質文明，精神文明，一齊捐棄，過一個渾噩淳樸，安分自足的生活。

（二）治事的方法

也就是為政的技術，一般人不明事理真諦，為政治事全是一本強道，把個人行為中「自我表現」、「妄逞力意」的錯誤作法，完全用在治國平天下的辦法上，他們所持的態度，則是熱心，努力和認真。(1)熱心：所謂熱心，乃是對事物表示關切，而去自發的予以助濟。但天下事，都有其自行發展的軌道，並有其自身的一套完整關係，絕非外力所能憑空介入。因此，全憑一腔熱血，空仗一片熱心，是不足為政的。(2)努力：所謂努力，是指不辭辛勞，勤敏以赴。但是一切事物的發生和演變，都有其必然之理，都是遵循著自然軌道而運行的。因此，勤敏雖是美德，出力雖是可敬，對於政事的處理，沒有裨益。(3)

認真：含有兩方面意義，一在以參驗為是，一在以察察為明。但宇宙間的事情，是層層涵涉，互相銜接的，豈能讓我們參驗為是。察察為明，是拿著一定的是非功過標準，來苛察窮究人們的行為，並從而予以應有的科罰，但愈為苛察，便愈發掘出過惡，便愈使過惡定型僵化，愈定型僵化，便愈生出更多的過惡，便愈使過惡定型僵化，老子說：「其政察察，其民缺缺。」（五十八章）。

以上所說，為政治事的方法，都出於強道，而「認真」、「熱心」、「努力」，更是「強」的精神，分別在知、情、意中的表現，既屬於強，則流弊百出，動輒得咎，因此，要把政事處理得宜，就須去強為弱，既遵弱道，就要戒禁心意的逞發，以及戒禁逞力，老子說：「治人事天莫若嗇。」（五十九章），善用「嗇」的原則，才能以有限的力量，處理無窮的政事，如何做到呢？則須靠以少應多，以靜制動的方法，才能達成。

處理政事，不僅要在事與事之間有通盤的考慮，更要能配合宇宙運行的大勢，才能成功。老子主張：「使我介然有知，行於大道，唯施是畏。」（五十三章），唯施是畏，便是一切全都不作不為，即是「無為」，「無為的辦法」便是「道」所遵循的法則。所謂：「道常無為。」（三十七章），他將會產生無比的效益，所謂：「無為之益，天下希及之。」（四十三章），只要能遵行此法則，便可國泰民安，即是「無為而無不為。」（四十八章），為政的人雖無為，但宇宙卻不因此而停止運行，正因安分無為，不妄造作，才使自然秩序暢行無止，不受干擾，老子說：「道常無為而無不為。侯王若能守之，萬物將自化。」（三十七章），既是有為不足治國，而無違反使一切自化。因此深遠有識之士，都要拿這無為的原則來做治國為政的總方針。

六、老子學說的得失

每個人讀過老子，都會感到奇異為妙，不是常識所能理解，但我們仔細思量，將會發現，相沿成習的行為，竟有許多是本末顛倒；累世共信的識見，竟有許多是不盡其然，仔細想過，才親切的感到老子思想的深識遠見，智慧過人，從他所流露的智慧裡，可以得到許多寶貴的教訓，迫使我們對常識常見有重新估計的必要。

在事理方面，他告訴我們相反相成的道理，並從事象的動態中，指出我們經驗所認為好的，可欲的，並不能長保可欲，永遠為好，他不僅要變壞，同時還要被摧毀。在人生方面，他告訴我們豐衣厚食，聲色之娛，並無益人生；而內在的安份知足，才能確保安和，得到恬怡寧靜的至樂。在處事方面，告訴我們奮盡表現，並不一定有功，而「退」反能得其進，「讓」反能成其私。在社會方面，告訴我們一切文明進化，不僅是人性失淳墮落的表現，並且是人們痛苦的源泉。財貨聲色固是過惡之物，仁義智慧也是至亂之源。在政治方面，他告訴我們一切設施興建，全是徒增紛擾，一切奮勉為治，只有治絲益紛；而無為不擾，因任天工，才是事少用宏之道。

老子的思想，深沉警闢，老子的教訓明通有意，但卻只能做補偏救弊之用，而不可當正面的領導，因為：

（一）從技術上來檢討老子教訓的實踐

老子思想的主要教訓是「弱道」，他認為：「堅則毀矣，銳則挫矣。」而守柔為弱，才能取道之「用」，得天之「與」。老子這種想法，是十分深刻正確的。宇宙間的事物，強的一定會毀，會挫，弱的，柔的，一定能曲全無恙，但強弱面臨事實的抉擇時，便將感到難以去從了。

在「為弱」方面，老子告訴我們「既已為人己愈有，既已與人己愈多。」（八十一章），「後其身而身先。」（七章），「處眾人之所惡故幾於道。」（八章），但事實告訴我們，假若沒有別的輔助因素，是不會得到的。

老子的教訓，主要的只有兩類，一是去強，一是為弱，而這兩大教訓的實踐，都不是簡單的事理，去強戒盈容易，但難在不知道什麼是強，什麼是盈，知弱知惡容易，但為了弱，處了惡，卻不一定能收預期的效果。

為弱去惡，若是僅求消極的曲全苟免，自可聽其自然，功效坐致。但要想為弱而能致強，處惡而能幾道，便不簡單了。可見老子的教訓，一旦實行起來，並不簡單，老子的話，只是一個原則，要應用到實際的行為上，勢必有賴於許多輔助的因素，否則，無從判斷那個是強，怎樣算弱。

（二）從原則上來討論老子的教訓

老子去強為弱的教訓，來自他對宇宙演化的看法，在老子看來，一切事物全都是「堅則毀矣，銳則挫矣。」而柔弱的才能曲全苟免，維持長久，但這只是對宇宙現象的客觀描述，他所說的，乃是「是如何」的問題，而人生行誼則是「應如何」的問題。「是」與「應」不能混為一談，「應」的基礎，不能建築在「是」的上面。

老子崇弱而厭強，「強」固然不能得天之「與」，但在宇宙的演化中，實亦有其用，萬物萬事雖都因「弱道」而存續，但卻因「強道」而生成。即易經說的「天行健。」固然老子告訴我們為強必遭摧毀，這純粹是站在小我的觀點而論的，卻未考慮到人生應有的意義。

老子的思想，極深刻動人，只因其大原則大方向，有欠妥當，所以才會引起許多問題和流弊，人們若能以人生正軌為「本」，以老子的智慧為「用」，便可糾正這種弊端。老子處世理政之道，目無全牛，明透非凡。若能善用其智，把他轉移方向，用之於立德立功，彰明教化，則是極有利的武器。尤其在人生方面，老子教人寧靜恬淡，不僅為人生的幸福所繫，也為進德立業之所需，若不把他視為曲全苟免的基礎，卻轉移方向當作進德立業的修養，那麼寧靜則清明而智，恬淡則無欲而剛，智高而品剛。老子的智慧，若都能這樣運用，便將只見其益，而不見其弊。

七、結論

老子一書，主要在討論宇宙形成和演變的道理，世事存演的真相和旨趣，以及人生的真正幸福。也就是在描述宇宙人生的實況。兩千多年來，影響中國人心社會，就屬儒家的論語和道家的老子兩本書了。我們接受了儒家人生思想的結論，也接受了道家情趣的陶冶，生活的藝術，使中國的社會形成一種陽儒陰道，孔老雜糅的局面。大家儘管都尊奉儒家為正統的思想，事實上則有廣大的人生園地都受著道家的影響。

老子是個樸素的自然主義者，他所關心的是如何消解人類社會的紛爭，如何使個人生活幸福安寧，他所期望的是，人的行為能取法於「道」的自然性與自發性，消除戰爭的禍害，揚棄奢侈浪費的生活。觀今日之社會，人欲橫流，投機之風日盛，政爭不斷，社會混亂。物質生活有著極高的享受，但精神生活卻感到空虛，甚至痛苦。用老子的智慧，才能挽救當今沉淪的世道，使世人重視精神生活，以精神役使物質，心靈獲得滋潤，精神才會有無窮的愉悅，社會才會獲得安寧。

參考書目：

新譯老子讀本（三民書局印行，余培林註譯）
老子今註今譯（商務印書館發行，陳鼓應註譯）
老子（協志工業叢書，張起鈞著）
老子的哲學（東大圖書公司印行，王邦雄著）

肆、王維詩中的禪趣

一、禪

禪宗是佛教的一個宗派，相傳有一次，釋迦牟尼佛在靈山會上說法，他手裡拿著一朵花，遍示大眾，默默地不發一語，這時聽眾們都面面相覷，不懂釋迦世尊的意思，只有大弟子迦葉會心地破顏微笑，於是釋迦世尊便高興地當眾宣稱：「吾有正法眼藏，涅槃妙心，實相無相，微妙法門，不立文字，教外別傳，付諸摩訶迦葉。」釋迦師徒之間，藉著一朵花和一抹微笑，不必語言文字，便能心領神會，這是以心印心，以心證心的「微妙法門」。

迦葉是印度禪的初祖，以後繼續傳了二十七代，到第二十八代祖菩提達摩祖師，於南北朝時渡海來到中國，成為中國禪的始祖。五傳之後，到唐代的六祖慧能，禪宗便在中國發揚光大，完成了禪宗不拔的基礎，成為最有活力和生機的一個宗派。禪宗強調不立文字，教外別傳，直指人心，明心見性，頓悟成佛。

「禪」是梵語「禪那」的略稱，就是「思惟修」、「靜慮」的意思，即一心思惟研修，便得禪定之心。心體寂靜，則能精審思慮。禪就是一種定心的方法。中國的禪宗祖師們所理解的禪，是指對本體的一種頓悟，或指對自性的一種參證。

「禪」只可意會，不可言傳，禪宗特別標舉「不立文字」的特色，主要是讓人們不要執著於文字，禪的主要精神，便是「不執著」的精神，一種活潑而自在的心靈境界，便是「不執著」精神的呈現。

禪的思想是：空靈、豁達、開闊、明朗的人間清流。

禪的生活是：積極、自在、簡樸、自適的安心方式。

禪的理念是教人：首先學著放下自私、自欺、自怨、自慢、自我枷鎖，才能海闊天空地任運飛翔。

禪的方法是教人：首先練習認識自我、肯定自我、然後粉碎自我，才是悟境的現前。

禪的目的是教人：學著將現實世界的八熱地獄，轉變為清涼國土的七寶蓮池；試著把自害害人的身口意三業，轉化成自利利他的慈悲與智慧。

禪宗雖然強調不立文字，但我們仍然要藉文字為媒介，以理解「禪的義蘊」，還可藉文學來表達，尤其是詩，因為詩能透過文字的組合、比興的手法，象徵的運用，呈現一種意象或意境，而產生無窮的意趣。中國文學發展到唐朝，正是詩的盛世，又逢禪宗思想成熟，所以禪與詩自然相結合，唐宋的文學作品中，有許多的體裁、題材、意境，是得之於禪的靈感和啟示，將禪意表現於詩中的詩人很多，王維、白居易、蘇東坡等則為其中的大家。王維與佛教的因緣最深，詩中禪理甚高，禪趣極濃，本文就來論析其詩中的禪趣。

二、王維的生平

（一）王維是唐代傑出的大詩人，是盛唐山水隱逸詩派——王孟詩派的代表，更兼通畫、書法、音樂、舞蹈，是一位「五項全能」的藝術家，文藝上的成就，和他的家庭身世，尤其是個性，有密切的關係。

王維，字摩詰，原籍山西太原郡祈縣，到他父親，遷家到山西蒲縣，遂為河東人。生於武后長安元年，卒於肅宗上元二年（西元七〇一至七六一年），年六十一歲，史書上稱王維九歲能詩，但作品並未留傳下來，十六歲作洛陽女兒行，十九歲作桃源行，都是有名的作品。

王維的家庭是書香世家，屬於士大夫階層，母親崔氏，是虔誠的佛教徒，對王維決定了後半生的思想動向。王維的少年時跟常人一樣，熱衷功名，從二十一歲中進士開始，前後做過右拾遺，監察御史，吏部郎中等職位，是他宦途上最得意的時期。

中年喪偶，天寶十五年，安祿山叛亂，王維當時五十六歲，被安祿山俘虜，迎他到洛陽的普施寺，軟硬兼施，迫為侍中，這兩件事，使他整個生活態度和思想觀念完全改觀，舊唐書本傳說他「妻亡不再娶，三十年孤居一室，屏絕塵累。」「晚年長齋，不衣文綵。」隱居在輞口的別墅中，經常和道友裴迪浮舟往來，在京師裏，主要交往的對象也是禪僧，「退朝之後，焚香獨坐，以禪誦為事。」飽經安史之亂滄桑的王維，更加堅定了學佛及皈依大自然的意願，他晚年半官半隱的生活，正是「行到水窮處，坐看雲起時」（終南別業）的實際表露。

（二）王維是具有較進步的政治傾向的，首先表現在他對張九齡的支持上，張九齡是保持唐代開明政治的最後一個宰相，他認為「國家賴智能以治」反對朋黨阿私，並重視地方的擇用，王維支持他，說明這些政治見解也是他所贊助的。其次在王維的一些詩文裏，也有較明顯的表現，他在與魏居士書中說：「君子以布仁施義、活國濟人為適意。」又在不遇詠中說：「濟人然後拂衣去，肯作徒爾一男兒？」他又認為應輕傜薄稅，施惠於民，反對豪強無限制地侵凌百姓，又主張任人應當不分門第貴賤，而以賢德才幹為標準，並為賢而不得用的人鳴不平。此外，他對不阿附權貴，能夠使吏治清明，執法正直，賞罰公平的行為也流露了讚賞之情。

（三）王維不只有較進步的政治傾向，前期也是一個熱衷於政治的人，這可以從他的生活道路中看出，他年輕時就要求施展才能，充滿了從政熱情，他那個時期的詩歌充分說明了這一點，據說是他二十一歲寫的燕支行說：「萬乘親推雙闕下，千官出錢五陵東，誓辭甲第金門里，身作長城玉塞中。」流露出怎樣的豪情壯志，當他在太樂丞任上，因伶人舞黃獅子得罪被貶去濟州時，心情雖然抑鬱不平，對政治也沒有灰心，思圖再振，這時期他所寫的濟上四賢詠、寓言等詩，對那些「多出金張門」，「幸有先人業，早蒙明主恩」的「繁華子」、「朱紱子」進行了猛烈的攻擊，為那些雖有賢才卻「不得志」的「中林士」鳴不平。張九齡執政後，他的態度是異常積極的，他曾干謁張九齡，有上張令公詩，張九齡執政期間，他被擢為右拾遺，真如枯草再遇陽春，他的歡樂絕不能只理解為仕途的順暢，更重要的是政見的相同，這點在他開元二十三年所寫的獻始興公詩中有極清楚的表現；「寧棲野樹林，寧飲澗水流，不用食粱肉，崎嶇見王侯，鄙哉匹夫節，布褐將白頭，任智誠則短，守仁固其擾，側聞大君子，安問黨與仇，所不賣公器，動為蒼生謀，賤子跪自陳，可為帳下不？感激有公議，曲私非所求。」可見他出仕的積極性並不是毫無原則的。

（四）開元二十四年，張九齡失勢，李林甫上臺，王維這時對政治的態度有了明顯的變化，張九齡一被貶到荊州，他就寫詩表示「方特與農圃，藝植老丘園。」並真的發展為行動。此後，他在李林甫當政時期，雖然仍在做官，但他心已不在官場上，雖然這一階段他的官仍有升遷，由從八品升到從五品上，但這也不能再引起他對仕途的熱情，他決定走歸隱的道路了，從張九齡到李林甫，只是一轉之間，王維的政治態度就發生一個根本的轉折，其原因不能不從政治上去尋求解釋，在政治比較清明的時代，王維是不主張歸隱的，他的歸隱雖說和佛教思想不無關係，但政治的惡濁卻是主要的原因。李林甫執政時期，他的官職有相當的提昇，只要肯和他門同流合汙，就能飛黃騰達，王維沒有選擇這條路，這在當時有一定進步意義，但王維究竟是比較軟弱的人，由於「恐遭負時累」而終於從政治生活中逐漸地退了出來。

王維歸隱之後，思想上的積極因素和出世因素並存著，而且有個互相消長的過程，越到後來，出世的因素越加發展，在歸隱的初期，他的心境也不是完全平靜的，還常有憤懣不平，但到了後來，便開始追求自足自樂，悠閒適意的小天地，「我心素已閒，清川澹如此，請留盤石上，垂釣將已矣。」此後，隨著佛教思想的發展，用禪理去解釋現實現象，已不再去探索那個社會不合理現象的根源，尋求解脫，安史亂後，信仰佛教更虔誠了，領悟到富貴功名的無味，現實社會的擾亂，漸漸地趨於道家養性全真的人生哲學，和佛學的禪悟，而投入大自然與佛學的懷抱，形成他晚年的閒適生活。舊唐書本傳說：「維兄弟俱奉佛，居常疏食，不茹葷血，晚年長齋，不衣文綵……在京師日飯數十名僧，以玄談為樂。齋中無所有，唯茶鐺藥臼，經案繩床而已。退朝之後，焚香獨坐，以禪誦為事。」這正是他晚年的生活寫照。

三、王維的思想

（一）早年尊儒

王維幼年時候，繼承了儒家正統的思想，講求忠孝仁愛，經世濟民，他孝於父母，舊唐書本傳說：「事母崔氏以孝聞。」母親篤信佛教，他也因而禮佛，母親愛幽靜，他就卜居輞谷，母親去世之後，他就把輞谷別業施為佛寺，充分顯示出孝行。兄弟五人都十分友愛。因為幼年承受了儒家思想，而想致君堯舜，他曾說：「曾是巢許淺，始知堯舜深。」送韋大夫東京留守「幸同擊壤樂，心荷堯為君。」（晦日游大理韋卿城南別業）。

開元時代，天下雖云平定，但邊患仍然時常發生，所以他年輕時，仰慕那些英勇的少年，橫刀躍馬，建功於沙場，他說：「戈甲從軍久，風雲識陳難，今朝拜韓信，計日斬成安，燕頷多奇相，狼頭敢犯邊，寄言班定遠，正是立功年。」（從軍行）「天驕遠塞行，出鞘寶刀鳴，定日酬恩日，今朝覺命輕，塞虜常為敵，邊風已報秋，平生多志氣，箭底覺封侯。」（塞上曲二首）可見王維忠君愛國，願拋棄甲第金門裏的安樂享受，願為國犧牲。

（二）中年奉佛

王維在三十歲的時候，就受教於道光禪師，還向璿上人學道，在謁璿上人詩中說：「風從大導師，焚香此瞻仰，頹然居一室，覆載紛萬象，高柳早鶯啼，長廊春雨響，床下阮家屐，窗曆筇竹杖，方將見高雲，陋彼示天壤，一心在法要，願以無生獎。」這種「好道」的意念，完全出於內心，所以他以靜坐、誦經、禮佛為樂，曾說：「山中多法侶，禪誦自為群，城郭遙相望，惟應見白雲。」（山中寄諸弟妹）喜好禪誦，又常聽高僧說法，因而精通禪理。

（三）晚年信佛更篤，蔬食長齋，以禪誦為事

因為信佛，所以在京師時，每天捨飯給僧人，在輞川別業，經常招待僧人，他有一首飯覆釜山僧詩：「晚知清淨理，日與人群疏，將候遠山僧，先期掃

湫廬，果從雲峰裏，顧我蓬蒿居，藉草飯松屑，焚香看道書，燃燈晝欲盡，鳴磬夜方初，以悟寂為樂，此生閒有餘，思歸何必深，身世猶空虛。」終身以奉佛為樂。

四、王維詩中的禪趣

王維的詩風，可用中年信佛為劃分的界限，前此的作品哀傷纏綿，如送元二使安西、七絕送別，此後的作品大部分充滿空靈清冷的氣氛，意境幽絕，風格淡遠，如竹里館、鹿柴、山中、終南別業、歸嵩山作等。

王維晚年的詩是清深閒雅，渾厚豐縟，青逸曠淡，意味深遠，詩句中常用空、閒、靜、寂、冷、深、明、清等形容詞來形容境界的空寂，或景物的冷清，境界極高，正如滄浪詩話所說：「由妙悟而得興趣，故意境透徹玲瓏，意味含蓄無窮。」誠如清趙殿最序其弟殿成王右丞集箋注所說：「唐之詩家稱正宗者，必推王右丞……唯右丞通於禪理，故語無背觸，甜徹中邊，空中之音也，水中之影也，香之於沉實也，果之於木瓜也，酒之於建康也，使人索之於離即之間，驟欲去之而不可得。蓋空諸所有，而獨契其宗。」禪趣詩往往隱含禪理，而不用禪語，因造語自然圓融，故少有跡象可尋，只能靠體認。以下就舉出幾首詩，來探討其中的禪趣：

渭川田家（五言古詩）

斜光照墟落，窮巷牛羊歸。
野老念牧童，倚杖候荊扉。
雉雊麥苗秀，蠶眠桑葉稀。
田夫荷鋤至，相見語依依。
即此羨閒逸，悵然吟式微。

夕陽西下，夜幕將臨的時候，詩人面對一幅恬靜自然的田家晚歸圖，油然而生羨慕之情，詩的核心是一個「歸」字，歸字是反襯作用，以人都有所歸，反襯自己獨無所歸，以人都歸得及時，親切、愜意，反襯自己歸隱太遲，以及自己混跡官場的孤單、苦悶，世間的名利都是虛幻不實的，只有早日修行才是上策，末二句「及此羨閒逸，悵然吟式微。」充滿恬靜自適的清趣。

青谿（五言古詩）

言入黃花川，每逐清溪水。
隨山將萬轉，趣途無百里。
聲喧亂石中，色靜深松裏。
漾漾泛菱荇，澄澄映葭葦。
我心素已閒，清川澹如此。
請留盤石上，垂釣將已矣。

開頭四句對青谿做整體的介紹，接著採用「移步換形」的寫法，順流而下，描繪了溪水一幅幅各具特色的畫面，當它在山間亂石中穿過時，水勢湍急，潺潺的溪流聲忽然變成了一片喧嘩，「喧」字造成了強烈的感受，給人以如聞其聲的感受，當它流經松林中的平地時，青溪卻又顯得那麼幽靜、安謐，幾乎沒有一點聲息，澄碧的溪水與兩岸鬱鬱蔥蔥的松色相映，融成一片，色調特別幽美、和諧，一動一靜，以動襯靜，聲色相通，極富於意境美，具有「真空妙有」的禪趣。當青谿緩緩流出松林，進入開闊地帶後，又是另一番景象，水面上泛著菱葉，苗菜等水生植物，一片蔥綠，水流過處，微波蕩漾，輕曳生姿，再向前走去，水面又似明鏡般清澈碧透，岸邊淺水中的蘆花，葦葉，倒映如畫，天然生色，「漾漾」畫出水流動的樣子，「澄澄」形容水靜的樣子，也是一動一靜，極為傳神，詩人筆下的青溪，既喧鬧又沉靜，既活潑又安詳，既幽深又素靜，從不斷的流動變化中，表現出鮮明個性和盎然生意，令人油然而生愛悅之情。許文雨唐詩集解評論說：「水折山轉，迴還曲繞，雖非遠途，而水程回遠殊甚。於是聽水看山，溪菱岸葭，各標清趣，適與我閒澹之心，相融于靈境也。」人與自然已相融在一起了。

竹里館（五言絕句）

獨坐幽篁裏，彈琴復長嘯。
深林人不知，明月來相照。

此詩不僅寫景，還包含了他的思想、情感和經驗的複雜、豐美的境界，敘述的是詩人在向道的歷程裏，所悟識到的一份智慧的喜悅。

獨坐的「獨」點出詩人面對外在客觀環境時，所醒覺的一種對立、孤獨感，幽篁的「幽」形容四周情境的幽深寂靜，內與外，我與物的雙重沉寂，形成一片深重的孤獨、冷清。「彈琴復長嘯」畫破了上句所築就的沉靜氣氛，猶如千軍萬馬奔騰而出，躍現了詩人內心的苦悶情緒。苦悶的由來，是理想與現實的衝突所產生的挫敗感，於是他只好藉著實際行為——樂理的「琴」和生理的「嘯」，來淨化自己為塵俗所擾的心靈。

音樂是直接訴諸心靈感性的藝術，在傳遞、宣洩情緒之餘，更能使詩人慢慢滋潤出和諧溫厚的心境，詩人通過美妙的琴音，為的是「感盪心志而發洩幽情」（琴賦），可是彈琴似乎並沒有完全消除他心情的鬱悶，所以詩人反求原始本能徹底地用生理的「長嘯」來提昇自我，超脫困境，對一度迷失自我苦悶焦慮的王維來說，當他本能地長嘯時，周圍幽靜竹林的陣陣回響，使他豁然感知自我存在的事實，由認識進而肯定自己在天地間的位置和價值，和天上的一輪明月一樣寧靜，與自然融合在一起。這個「山林吾喪我」（山中示弟等）的心路歷程，也就是鑄鍊出他那「薄暮空潭曲，安禪制毒龍」（過香積寺）的人生理趣來了。

此詩就意境而言，給人以「清幽絕俗」的感受，這一月夜幽林之景是如此空明澄淨，在其間彈琴長嘯的人是如此安閒自得，塵慮皆空，外景與內情混合無間，融為一體，在語言上則從自然中見真味，從平淡中見高韻。詩人在意境清幽，心靈澄淨的狀態下與竹林、明月本身所具有的清幽澄淨的特性悠然相合。

鹿柴（五言絕句）

空山不見人，但聞人語響。
返景入深林，復照青苔上。

空山不見人，表現出山的空寂清冷，「但聞人語響」是破「寂」的，是以局部的、暫時的「響」，反襯出全局的，長久的空寂，空谷傳音，愈見空谷之空，空山人語，愈見空山之寂，人語響過，空山復歸於萬籟俱寂的境界，生機靈動，具有真空妙有的禪機妙趣。三、四句由上兩句的描寫空山傳語，進而描寫深林返照，由聲而色，「反景」不僅微弱而且短暫，一抹餘暉轉瞬逝去之後，接著便是漫長的幽暗。一二句以有聲反襯空寂，三四句以光亮反襯幽暗，整首詩表現出人與自然完全相融的境界。巴壺天詩選講義引沈德潛評此詩：「佳處不在語言，與陶公『採菊東籬下，悠然見南山』同。」

欒家瀨（五言絕句）

颯颯秋雨中，淺淺石溜瀉。
跳波自相濺，白鷺驚復下。

詩人巧妙地以寧中有驚、以驚見寧的藝術手法，通過「白鷺驚復下」的一場虛驚來反襯欒家瀨的安寧和靜穆，在這裡沒有任何潛在的威脅，可以過著無憂無慮的寧靜生活，多麼的恬靜自適。

辛夷塢（五言絕句）

木末芙蓉花，山中發紅萼。
澗戶寂無人，紛紛開且落。

「木末芙蓉花，山中發紅萼。」給人帶來的正是迎春而發的一派生機和展望，澗戶寂無人，紛紛開且落，具有真空妙有的境界，一樹的芳華面對著

「澗戶寂無人」的環境，雖然山間寂靜無人，而芙蓉仍紛紛開落，大自然的景象是寧靜自然的，大自然的生命是自然生滅的，只有在恬然閒靜的心境中，自適其意，才是生命最大的自在，花不因無人而不開，可知花的性分字足，不待有人而足，這就是一切生命的真諦，一切生命現象的真象。

鳥鳴澗（五言絕句）

人閒桂花落，夜靜春山空。
月出驚山鳥，時鳴春澗中。

「人閒」二字，說明周圍沒有人事的煩擾，詩人內心的閒靜，因此，細微的桂花從枝上落下，才會被察覺，詩人也為這夜晚的靜謐和由靜謐格外顯示出來的空寂而驚嘆，心境和春山的環境氣氛，是互相契合而又互相作用的，是恬靜自適的。詩人與山間的花鳥，大自然的空山明月，無不性分自足，詩中靜中有動，清幽絕俗，達到空靈的境界，即是真空妙有。

山中（五言絕句）

荊溪白石出，天寒紅葉稀。
山路元無雨，空翠溼人衣。

描寫初冬時節山中的景色，由白石磷磷的小溪，鮮豔的紅葉和無邊的濃翠所組成的山中冬景，色澤斑斕鮮明，富於詩情畫意，毫無蕭瑟枯寂的情調，也寫出自然界的悠閒自在。白石、紅葉、翠嵐，都是性分自足的自然景物。

秋夜獨坐（五言律詩）

獨坐悲雙鬢，空堂欲二更。
雨中山果落，燈下草蟲鳴。
白髮終難變，黃金不可成。
欲知除老病，唯有學無生。

此詩就像僧徒坐禪，詩中寫時邁人老，感慨人生，斥神仙虛妄，悟佛義根本，是詩人現身說法的禪意哲理之作。前二聯寫沉思和悲哀，在秋天雨夜，更深人寂，詩人獨坐在空堂上，潛心默想，正如佛徒坐禪，卻陷入人生的悲哀裏，他看到自己兩鬢花白，人一天天老了，不能長生，此夜又將二更，時光一點一滴地消逝，無法挽留，一個人就這樣老病去世，使他悲傷，孤獨空虛，於是從雨聲想到山裏成熟的野果，好像正被秋雨摧落，從燈燭的一線光亮中得到啟發，注意到秋夜野草裏的鳴蟲也躲進堂屋來了，從人生轉到草木昆蟲的生存，更覺悲哀。

後二聯則寫覺悟和學佛，詩人覺悟到的真理是萬物有生必有滅，大自然是永存的，而人及萬物都是短暫的，人從出生到老死的過程不可改變，從自己嗟老的憂傷，想到宣揚神仙長生不老的道教，感嘆「黃金不可成」，否定神仙方術之事，煉丹服藥祈求長生的虛妄，認為只有信奉佛教，才能從根本上消除人生的悲哀，解脫生老病死的痛苦，佛教講寂滅，要人從心靈中消除七情六慾，是謂「無生」，倘使果真如此，當然不僅根除老病的痛苦，一切人生苦惱也都不再覺得了。

整首詩寫出一個思想覺悟即禪悟的過程，從情入理，以情證理，隨緣而不執著。

終南別業（五言律詩）

中歲頗好道，晚家南山陲。
興來每獨往，勝事空自知。
行到水窮處，坐看雲起時。
偶然值林叟，談笑無還期。

人生許多遭遇，往往「行到水窮處」前面已無可尋探，已是窮盡，而坐看之時，卻又有雲起，呈現另一可欣賞的景象，有超然出世的思想。

此詩描寫隱居生活的情趣，字裡行間充溢著一份和諧的生命情調，與盎然的禪機，繁華落盡見真淳的王維，很能領悟獨處的樂趣，害怕或厭惡或不慣獨處的人，常停留在「看山不是山，看水不是水」的階段裏，而王維對「獨」

而言，是不拘不礙的生活，他既沒有刻意去追求孤獨，也沒有用心去迴避孤獨，完全隨興所至，獨來獨往，把自己投入大自然的律動中，尋幽訪勝，悠然自得，適意之至，已是「見山還是山，見水還是水」的境界，這時的山水，是透過禪悟的道心所見的山水，絢爛歸於平淡了。

「行到水窮處，坐看雲起時」，則非一般人所能輕易體會，詩人做了形式上的突破不粘滯、不執著，從外在的窘境，返回心靈，超越「水源盡頭」的局限，涵養所至，矜躁盡化。他平心靜氣坐下來，默看雲霧升起，妙趣橫生，是心情悠閒到極點的表現，也達到了真空妙有的境界。

「偶然值林叟，談笑無還期。」充分表現了詩人胸臆中無所牽掛，逍遙適意的生命情調，也襯托出山野間樸素可愛的人情味來，「偶然」寫出一片隨緣的境界，一切都是自然而然的，既不有意邀迎，也不有意排拒，詩人能夠「忘我」地融入自然，即使與鄉野林叟談笑，也不覺格格不入。不僅如此，甚至談到會心而笑的地方，還能讓人忘了回家的時間，是多麼和諧，多麼活潑的生活契機，詩人天性淡逸，超然物外的風采，一覽無遺。

全詩隨緣而不執著，隨緣而往，隨緣而行，隨緣而坐看雲起悠悠，隨緣而和鄰叟談笑。元方回瀛奎律髓說：「右丞此詩，有一唱三嘆不可窮之妙。」尤其後四句，極具禪趣。清紀昀批瀛奎律髓有一段極精到的評語：「此種皆熔煉之至，渣滓俱融，涵養之熟，矜躁盡化，而後天機所到，自在流出，非可以摹擬而得者。」又評論說：「此詩之妙，由絢爛之極，歸於平淡，然不可以躐等求也。」

「興來每獨往，勝事空自知。」章蘭省評論說：「興來二語化境。」末四句：「行到水窮處，坐看雲起時，偶然值林叟，談笑無還期。」沈德潛評論說：「行所無事，一片化機。」「化境」、「化機」，都是指人與自然融合以後，化為一體，看不出對待關係，分不出差別來的一種境界。

酬張少府（五言律詩）

晚年唯好靜，萬事不關心。
自顧無長策，空知返舊林。
松風吹解帶，山月照彈琴。
君問窮通理，漁歌入浦深。

人世窮通之理，只向「漁歌入浦」深處去尋求答案，漁歌入浦已深之後，往往就是「行到水窮處，坐看雲起時」的境界，因為容易恍然於人世窮通之理，正是禪理妙悟之機。

詩中首先說自己人已到晚年，惟好清靜，對甚麼事都漠不關心，三四句即透露出個中原因，詩人早年原也有過政治抱負，在張九齡任相時，他對現實充滿希望，然而，沒過多久，張九齡罷相貶官，朝政大權落到奸相李林甫手中，忠貞正直之士一個個受到排斥、打擊，政治局面日趨黑暗，他的理想隨之破滅，在殘酷的現實面前，既不願意同流合汙，又感到無能為力，「自顧無長策」就是他思想上的矛盾，苦悶的反映，表面上說自己無能，骨子裏隱含著牢騷，儘管在李林甫當政時，他並未受到迫害，實際上還升了官，但內心的矛盾和苦悶卻越來越加深了，出路何在，對於正直而又軟弱，再加上長期接受佛教影響的唐代知識分子來說，自然就只剩下跳出是非圈子，返回舊時的園林歸隱一途了。「空知返舊林」的「空」字，含有「徒然」的意思，理想落空，歸隱何益？然而又不得不如此，在他那恬淡好靜的外表下，內心深處的隱痛和感慨，還是依稀可辨的。

接著詩人讚賞那種「松風吹解帶，山月照彈琴。」的隱逸生活和閒適情趣，實際上是他在苦悶之中追求精神解脫的一種表現，既含有出世因素，又含有與官場生活相對照，隱示厭惡與否定官場生活的意味，擺脫了現實政治的種種壓力，迎著松林吹來的清風解帶敞懷，在山間明月的伴照下獨坐彈琴，自由自在，悠然自得，多麼稱心愜意啊！

末二句，勾出一幅畫面，有「韻外之致」、「味外之旨」的「神韻」，世事如此，還問甚麼窮通之理，不如跟我一塊歸隱去吧！含蓄而富有韻味，耐人咀嚼，發人深省。

山居秋暝（五言律詩）

空山新雨後，天氣晚來秋。
明月松間照，清泉石上流。
竹喧歸浣女，蓮動下漁舟。
隨意春芳歇，王孫自可留。

此詩隨意揮寫，得大自在，於詩情畫意之中寄託詩人高潔的情懷和對理想境界的追求。

「空山新雨後，天氣晚來秋。」「空山」二字點出此處有如世外桃源，山雨初霽，萬物為之一新，又是初秋的傍晚，空氣之清新，景色之美妙，可以想見。

「明月松間照，清泉石上流。」天色已暝，卻有皓月當空，群芳已謝，卻有青松如蓋，山泉清冽，淙淙流瀉於山石之上，有如一條條潔白無瑕的素練，在月光下閃閃發光，多麼幽清明淨的自然美啊！寫景如畫，揮灑自如，毫不著力，更有「真空妙有」的境界。

「竹喧歸浣女，蓮動下漁舟。」在青松明月之下，在翠竹青蓮之中，生活著一群無憂無慮，勤勞善良的人們，這純潔美好的生活圖畫，反映了詩人過安靜純樸生活的理想，同時也從反面襯托出他對汙濁官場的厭惡。

頷聯側重寫物，以物芳而明志潔；頸聯側重寫人，以人和而望政通。二者又互為補充。泉水、青松、翠竹、青蓮，都是詩人高潔情操的寫照，理想境界的環境烘托。

既然詩人是那樣的高潔，在那貌似「空山」之中又找到了一個稱心的世外桃源，所以就情不自禁地說：「隨意春芳歇，王孫自可留。」他覺得「山中」比「朝中」好，潔淨純樸，可以遠離官場而潔身自好，所以就決然歸隱了。

全詩以自然美來表現詩人的人格美和一種理想中的社會之美，詩人透過對山水的描繪寄慨言志，含蓄豐富，耐人尋味。

過香積寺（五言律詩）

不知香積寺，數里入雲峯。
古木無人徑，深山何處鐘。
泉聲咽危石，日色冷青松。
薄暮空潭曲，安禪制毒龍。

首聯寫去訪香積寺，卻又從「不知」說起，「不知」而又要去訪，見出詩人的灑脫不羈。因為不知，便步入茫茫山林中去尋找，行不數里就進入白雲繚繞的山峰之下。此句正面寫人入雲峰，實際映襯香積寺的深藏幽邃。還未到寺，已是如此雲封霧罩，香積寺的幽遠可想而知。

頷聯寫古樹參天的叢林中，杳無人跡，忽然又飄來一陣隱隱的鐘聲，在深山空谷中回響，使得本來就很寂靜的山林又蒙上了一層迷惘，神秘的情調，顯得越發安謐。「何處」二字絕妙，山深林密，使人不覺鐘聲從何而來，只有「嗡嗡」的聲音在四周繚繞，與上句「無人」相應，又暗承首句「不知」，襯以周遭參天的古樹和層巒疊嶂的群山，多麼荒僻而又幽靜的境界啊！

頸聯仍然意在表現環境的幽冷，詩人用「冷」來形容「日色」，極為巧妙，夕陽西下，昏黃的餘暉撒在一片幽深的松林上，豈能不「冷」？

尾聯寫詩人涉荒穿幽，直到天快黑才到香積寺，看到寺前的水潭。「安禪」為佛家術語，即安靜地打坐，在這裡指佛家思想，「毒龍」用以比喻世俗人的慾望。暮色降臨，面對空闊幽靜的水潭，看看澄清透澈的潭水，再聯想到寺內修行學佛的僧人，自己內心的慾望也自然消除了。

此詩是王維沉緬於佛學的恬靜心境，描繪出山林谷寺的幽邃環境，從而造成一種清高幽僻的意境。王國維說：「不知一切景語，皆情語也。」前六句純乎寫景，然無一處不透露詩人的心情，可以說詩人是把「晚年惟好靜」的情趣融化到所描寫的景物中去了。「泉聲咽危石，日色冷青松。」已達真空妙有的境界。「安禪制毒龍」是詩人心跡的自然流露。

詩中詩人隨緣而「入雲峰」，「不知」二字寫出山林之深，但見古木參天，不見人徑，又具體寫出山深，不知何處傳來鐘聲，則山雖深而有寺僧，有人便有生機生趣，禪趣遂由此而生。

歸嵩山作（五言律詩）

清川帶長薄，車馬去閒閒。
流水如有意，暮禽相與還。
荒城臨古渡，落日滿秋山。
迢遞嵩高下，歸來且閉關。

此詩寫王維辭官歸隱途中所見的景色和心情。首聯描寫歸隱出發時的情景，景色和車馬動態，都反映出詩人歸山出發時一種安詳閒適的心境。頷聯表面上寫「水」和「鳥」有情，其實還是寫詩人自己有情，一是體現詩人歸山開始時悠然自得的心情，二是寓有詩人的寄託，景中有情，言外有意。頸聯寫傍晚野外的秋景圖，是詩人在歸隱途中所看到的充滿黯淡淒涼色彩的景物，反映了詩人感情上的波折變化，襯托出詩人越接近歸隱地就越發感到淒清的心境。尾聯寫歸隱後的心情，表示要與世隔絕，不再過問社會人事，最終點明辭官歸隱的宗旨，感情又趨向沖淡平和，已是隨緣而去，隨緣歸來，來去自如，不受任何黏縛。全詩詩人感情的細微變化，由安詳從容，到淒涼悲苦，再到恬靜澹泊。

方回瀛奎律髓評論說：「閒適之趣，淡泊之味，不求工而未嘗不工者，此詩是也。」紀昀批瀛奎律髓也說：「非不求工，乃已雕已琢後，還於樸，斧鑿之痕俱化爾。」都是「絢爛之極，歸於平淡」的化境。

「流水如有意，暮禽相與還。」沈德潛評論說：「寓人情物性，每在有意無意間。」詩人返歸山林，流水彷彿有意，一路相送，暮禽也與詩人相與同歸，人與物相融，也就是人與自然相融。

積雨輞川莊作（七言律詩）

積雨空林煙火遲，蒸藜炊黍餉東菑。
漠漠水田飛白鷺，陰陰夏木囀黃鸝。
山中習靜觀朝槿，松下清齋折露葵。
野老與人爭席罷，海鷗何事更相疑。

此詩王維把自己幽雅清淡的禪寂生活與輞川恬靜幽美的田園風光結合起來描寫，創造了一個物我相愜，情景交融的意境。

首聯寫田家生活，是詩人山上靜觀所見，正是連雨時節，天陰地濕，空氣潮潤，靜謐的叢林上空，炊煙緩緩升起，山下農家正燒火做飯呢！女人家蒸藜炊黍，把飯菜準備好，便提攜著送往東菑，男人們一清早就去那裏勞作了。詩人視野所及，先寫空林煙火，「遲」字不僅把陰雨天的炊煙寫得十分真切傳神，而且透露了詩人閒散安逸的心境，再寫農家早炊，餉田以至田頭野餐，展現一系列人物活動畫面，秩序井然而富有生活氣息，使人想見農婦田夫那怡然自樂的心情。

頷聯寫自然景色，同樣是詩人靜觀所得：廣漠空濛，布滿積水的平疇上，白鷺翩翩起飛，意態是那樣閒靜瀟灑，遠近高低，蔚然深秀的密林中，黃鸝互相唱和，歌喉那樣甜美快活。

頸聯寫詩人獨處空山之中，幽棲松林之下，參木槿而悟人生短暫，採露葵以供清齋素食，這情調在一般世人看來，是孤寂寡淡的，但早已厭倦塵世喧囂的詩人，卻從中領略到極大的興味。

尾聯詩人稱自己早已去機心，絕俗念，隨緣任遇，於人無礙，與世無爭了，還有誰會無端地猜忌他呢？庶幾可以免除塵世煩惱，悠悠然耽於山林之樂了。

全詩形象鮮明，興味深遠，表現了詩人隱居山林，脫離塵俗的閒情逸致，意境深遠，風格超邁。上兩聯人物活動，自然景色，是經過詩人心靈的感應和過濾，染上了鮮明的主觀色彩，體現了詩人的個性。對於「晚年惟好靜，萬事不關心」的詩人來說，置身於世外桃源般的輞川山莊，真可謂得其所哉了。下兩聯則書寫隱居山林的禪寂生活之樂。

五、結論

禪是內心的自在，是無我的智慧。禪是安定、平穩、和樂、活潑的生活方式；禪為開朗、寬大、涵容的生活智慧；禪為合情、合理、合法的生活原則。禪宗超脫世俗，明心見性，使王維的詩風「清遠」；禪宗的禪定，使王維的詩「閒澹」。

上述所舉的詩，有恬靜自適的，如渭川田家、鳥鳴澗、辛夷塢、欒家瀨、山中、酬張少府。有絢爛歸於平淡的，如終南別業、歸嵩山作。有人與自然融合的，如鹿柴、青溪、竹里館、終南別業。有隨緣而不執著的，如過香積寺、秋夜獨坐、終南別業。有性分自足的，如辛夷塢、鳥鳴澗、山中。有真空妙有的，如鹿柴、鳥鳴澗、辛夷塢、山居秋暝、青谿、過香積寺、終南別業。

靜心的去誦讀，細細的去品味這些詩，每一首都可以使我們進入一個極美的境界。有的像雞犬相聞的桃源，有的像鐘聲繚繞的廬山，有的像空寂落漠的廣寒宮，有的像海市蜃樓的蓬萊島，有的像日出而作，日入而息的羲皇上人，有的像寄身雲山，伴隨麋鹿的漁樵，使人忘卻了名利，忘卻了煩惱，忘卻了苦樂，忘卻了親情，忘卻了自我，真是五蘊皆空，啜露餐霞，不食人間煙火，深深蘊育著禪理。

參考書目

唐代文學全集（上冊）（劉中和著，世界文物出版社。）

王維評傳（正中書局，劉維崇編著。）

大唐文化的奇葩（唐代詩選）（時報出版社。）

革新版唐詩三百首（上）（地球出版社。）

唐詩新賞（張淑瓊主編，地球出版社。）

禪與悟（釋聖嚴著，東初出版社。）

中國禪學（一）（余梅隱著，金林文化事業有限公司。）

古典文學散論（王熙元著，學生書局印行。）

跋

我出此書的因緣

自小我即在傳統農村成長，長大父母離世，端靠兄姊接濟讀書，大部分的時間要工讀自謀生活。新竹女中畢業後，只能選擇國立台灣師大夜間部就讀，當家教看護等雜事以維持生活並繳學費，畢業後在故鄉君毅中學謀得教職。在緣分之牽引下，民國六十六年六月二日與龍影成婚，從民國六十七至民國七十三年先後教養了三名子女。我在五十三歲那年身體欠安，與夫君龍影商量下，我提前從教育界退休，在家相夫教子，過平凡的日子。

家庭依然承續傳統的中華文化，重視倫理道德與禮義廉恥，夫妻在校皆教國文與公民課程，夫君有寫作工作與興趣，除了正職外，也走出了他一片天，在大學及暑修研究所期間受多位名師、良師指點，是有用心做點學問，尤其在中等學校教國文課程，每學期需指導作文少則八篇、多則十二篇，自然成就自己修改作文之功夫，夫君龍影喜好天馬行空，遨遊於自由文學的天際中，我們將傳統與現代文學融合為一，將古詩與新詩之美鋪陳一首首美麗的樂章，讓文學之真善美散發在大自然界中。

這本拙作芳草年年綠，除了生活剪影、贈序、作者簡介外，目錄中列分四部分，第一部分「散文」（計四十九篇）、第二部分「詩、詞、曲」（詩選，汪中教授指導。詞選，聞汝賢教授指導。曲選，王熙元教授指導）、附錄一「易經」（傅隸僕教授指導）、附錄二「學術專文」。

另要感謝傅武光教授，不但擔任小女怡嫻台師大國文系班導，也擔任我與夫君龍影台師大暑修國研所「先秦諸子」課程，一生中能得名師與良師之教導，真所謂三生有幸矣！

寫于公元二〇一一年二月一日苗栗木鐸書齋

國家圖書館出版品預行編目 (CIP) 資料

芳草年年綠 / 柯淑靜作 . -- 第一版 . -- 新北市 :
商鼎數位出版有限公司 , 2021.05
面 ;　公分

ISBN 978-986-144-194-8(平裝)

863.4　　　　　　　　　　110005668

芳草年年綠

作　　者　柯淑靜

法律顧問　官振忠律師（鼎益法律事務所）

發 行 人　王秋鴻
發 行 者　商鼎數位出版有限公司
新北市中和區中山路三段 136 巷 10 弄 17 號
TEL : (02)2228-9070　FAX : (02)2228-9076
郵撥／第 50140536 號　商鼎數位出版有限公司

編輯經理　甯開遠
執行編輯　尤家瑋
封面設計　張雅惠
版面編排　商鼎數位出版有限公司

2021 年 5 月吉日出版　第一版／第一刷